我与人和小学

主编 杨敏

重庆大学出版社

图书在版编目(CIP)数据

我与人和小学/杨敏主编. --重庆:重庆大学出
版社,2023.9
ISBN 978-7-5689-4131-0

Ⅰ.①我… Ⅱ.①杨… Ⅲ.①故事-作品集-中国-
当代Ⅳ.①I247.81

中国国家版本馆CIP数据核字(2023)第158021号

我与人和小学
WO YU RENHE XIAOXUE

主 编 杨 敏
责任编辑:黄永红 版式设计:陈筱萌
责任校对:王 倩 责任印制:张 策

*

重庆大学出版社出版发行
出版人:陈晓阳
社址:重庆市沙坪坝区大学城西路21号
邮编:401331
电话:(023) 88617190 88617185(中小学)
传真:(023) 88617186 88617166
网址:http://www.cqup.com.cn
邮箱:fxk@cqup.com.cn(营销中心)
全国新华书店经销
重庆市国丰印务有限责任公司印刷

*

开本:787mm×1092mm 1/16 印张:13 字数:262千
2023年9月第1版 2023年9月第1次印刷
ISBN 978-7-5689-4131-0 定价:49.00元

《我与人和小学》编委会

主　编：杨　敏

副主编：左　明　李　梅

编　辑：张雁飞　谢卓家　刘淑娅　白伦菊　黄荣梅

　　　　刘孝强　林瑾瑜　何　曦　刘富钰　刘　东

　　　　胡　薇　邹晓婷　郎明友

每一步都是人小的足迹
每一曲都是人小的赞歌

两江之滨，青山东麓。天地与惠，贵在人和。一九二二，校志肇立，至壬寅年，已百年矣。抚今追昔，百感咸集。淑华亭前，尝叹历代先贤办学图存，广纳英才，渐启民智，谋救国于危难；华榕冠下，犹思各届学子奋楫扬帆，踔厉奋发，勇毅前行，振民族之复兴。烈士墓前，华榕冠下，假山池旁，球场之上，种植园里……昔日之景，犹依依在目。

2022年是重庆两江新区人和小学校办学100周年。一百年筚路蓝缕，浸润满庭桃李芬芳；一百年风雨兼程，收获满怀春华秋实。百年奋斗，百年荣光。有多少青春装进记忆？多少岁月成为历史？

展开历史的长卷，聆听一个世纪的倾诉，坎坎坷坷的历程，每一步都是人小的足迹；风风雨雨的乐章，每一曲都是人小的赞歌。回溯流光溢彩的漫漫征程，重温一路走来的艰辛与汗水，人和小学历久而弥坚，岁远而愈新。在这新旧一百年交汇之处，曾经关心帮助人和小学发展的老领导、老同志、毕业校友、师生、家长以及社会各界热心人士以笔诉情，书写下他们与人和小学独有的感动故事。

春华秋实，沧海桑田，不改朝气蓬勃貌；风雨兼程，传道授业，谨记育才树人心；岁月不居，时节如流，难忘良师益友情。他们在人和小学校这片教育沃土上，紧抓实干，聚焦时代命题，奏响时代强音，播种一畦又一畦绿色希望，见证小如蹒跚学步的婴儿成长为堪当大任的战士；他们用心教书，用爱育人，用情铸魂，深耕教育沃土，赓续百年初心，担当育人使命，铸就万千学子锦绣前程；他们以国家富强、民族复兴为己任，潜心学习，不负韶华，留下一曲又一曲童年赞歌，收获一份又一份精彩答卷，谱写百年人小新时代、新篇章。

他们以细腻的笔触、真挚的情感重温人小一幕幕感人至深的场景。在他们笔下，我看见了百年老校成长蜕变的印记，看见了人小师者潜心耕耘的背影，看见了三代人同在人小求学的教育传承，看见了"和雅少年"天真烂漫的笑脸，更看见了人小再创辉煌的美好未来。

梦在前方，路在脚下；心里有爱、眼中有光。重庆两江新区人和小学校全体师生将全面深入学习贯彻落实党的二十大精神，跨上新时代的轻舟，怀揣办好人民满意教育的信念，牢记党在新时代的办学使命，把为党育人、为国育才放在首位，以高质量发展为中心，促进干部、教师、职员、学生、家长五支队伍全面建设的提档升级，努力创造一流的办学条件，营造更好的和雅育人环境，为两江新区乃至重庆教育的高质量发展作出更大的贡献。

让每一位学生都能感受学习的收获和成长的快乐；让每一位家长都能见证人和小学的发展与两江新区发展的同频共振；让每一位教师都能拥有教育的幸福与专业的尊严；让校园的每个角落都能散发出爱的光芒和育人的能量。

悠悠两江畔，砥砺前行；青青照母山，书声琅琅。让我们穿越浩瀚的时空，打开尘封已久的记忆，回顾那一年的"人小岁月"，聆听他们与人和小学的感动故事！

——杨 敏

目录
Contents

爱之耕耘

心之收获

春之播种

CHUN ZHI BOZHONG

　　春华秋实，沧海桑田，不改朝气蓬勃貌；风雨兼程，传道授业，谨记育才树人心。在人和小学校这片教育沃土上，人小"领航者"紧抓实干，聚焦时代命题，奏响时代强音，播种一畦又一畦绿色希望，努力建设"特色突出、质量一流"的高起点人文花园、高端化智慧乐园、高质量成长学园、高指数温馨家园、高品质共生校园，让校园的每个角落都散发出爱的光芒和育人的能量。

从学生到教师
在人小书写教育答卷

时光带走我青春的年华，带走我姣好的面容，却无法带走我在人小留下的美好回忆，那是由学生到教师的蜕变，是三十载春秋的相伴，更是用半生书写的教育答卷。

—— 李先芳

宣传、教学、扫盲
小老师暗藏大能量

1950年，人和小学下辖的柏树林村小开办，我只身一人来到柏树林村小学，开始了我全新的教育生涯。那时学校有三个班级，但只有我一个教师，每上完一节课，布置完作业就到另一个班级上课，如此往复。学生放学回家之后又得赶到村里开会，开展宣传工作，组织农村青年开展文艺活动，深夜回家批改学生作业，待到工作结束已是凌晨时分。

那时的我从没有周末和寒暑假，每一天都在忙碌中度过，仿佛就是一只上满了发条的钟表，不停地转动，却不知疲惫。

后来，我调回人和小学，除了之前的工作，我还多了一项"扫盲"的任务。我和同事们将学校所在片区的学生名单梳理出来，挨家挨户敲门进行劝学。吃闭门羹是常态，可这并没有打消我们的积极性，反而让我们越挫越勇，一次不行就两次，两次不行就三次，直到紧闭的大门终于为我们敞开。

就这样，用这种最费劲，但也是最真诚的方式，越来越多的孩子回到了校园，重新拿起了书本。看到教室里坐满了人，我的心里别提有多温暖了。

学习、生活、成长
小老师成为大家长

但我的教学之路也并非一帆风顺，我的个子比较娇小，常年梳着两个麻花辫，就像小孩子一样。我也从不打骂孩子，只实行说服教育，以理服人，所以在从教初期也有些孩子调皮，并不信服于我。

于是我买来一双高跟鞋，穿到教室，让自己看起来更像是一位"大人"。渐渐地，我发现孩子们越来越听话，也越来越尊重我，但我心里明白，这并不是一双高跟鞋带来的，而是在朝夕相处中，我们的心靠得更近了。

由于工作强度大，时常吃了上顿忘了下顿，饮食、作息极不规律，我的身体发出了预警，每到天气转凉之时，便会胃痛难忍，只能绑一个热水袋在胃上才能坚持上课。这也让我更加关注班里孩子的生活状况。

每到中午放学后，我都会到班里去转一转，看看有没有孩子没去吃饭。有的孩子因为家离学校远，又或者家庭条件不好，中午就选择不吃饭。我便将他们带到饭馆或是家里吃饭，只要有我在的一天，就不会让他们中午饿肚子。

对于班级里的孩子，没饭吃时带他们吃饭，没学习用品时为他们添置，生病时带他们看医生，每年儿童节带他们到城里游玩……不知不觉中，我已然成了他们的大家长。

这样的日子虽然忙碌，但很纯粹，看到孩子们脸上灿烂的笑容，我的嘴角也会不自觉地上扬；当昔日的学生成为我的同事时，一种难以言表的成就感涌上心头。

日子滚滚向前，我与人小的故事也没有随着退休而结束。退休后，学校常常邀请我们回学校参加活动，我们一群退休教师在一起聊家常、话教育、外出游玩……我在人小学习、教书，直至退休，她见证了我从一名学生到教师的蜕变，也见证了我人生的每一个重要时刻，我与人小的故事还在继续。

人 物 档 案 | 李先芳，原人和小学学生，教师。1950年参与教育工作，1979年于人和小学退休。

怀念与重逢

金秋时节，十里飘香的桂花又一次开始绽放。一阵清风掠过，桂花像一只只金黄色的蝴蝶纷纷落下，把我带回了母校的星星点点。

笔尖在泛黄纸页流泻下的，正是彼时的激滟秋意。稚嫩的读书声似乎携带着对未来美好的憧憬，小小的身影，谦卑求学的模样，秋风干爽又轻柔，母校的大门为我敞开着，此时，心中平静又安然……

—— 谢 兰

人小与我初相识

1976年的初秋时节，我带着童年的稚气，怀着一颗求学的心，在父亲的陪同下，走进了人和小学，那时候稚气未脱的我，感觉生活就像花儿一样，无忧无虑，一切都是那么的美好。

我的母校很温馨，就像一个避风的港湾，让我感受到了家的温暖。记忆中的操场很大，旁边有着几棵高大却叫不出来名字的树，树上的绿叶在阳光的照耀下显得格外耀眼，透过绿叶的间隙望向天空犹如一闪一闪的星星。在风的吹拂下，树叶像亭亭玉立的少女在摇曳起舞，树上叽叽喳喳的鸟儿，你望着我，我望着你。那时的母校虽小，却焕发着勃勃的生机，供我们自由、快乐地成长。

学校景美，老师更美。我的个子比较矮，坐在第一排，学习非常认真，经常受到老师们的表扬。但是我的同桌，和我恰恰相反，他个子高，思维跳脱，活泼好动。记得有一次，他在课堂上调皮被老师逮了个正着，老师把黑板刷直接扔到了他面前，同桌低着头，我也低着头，我们都以为老师会大发雷霆，但老师只是委婉地批评了同桌的做法，还耐心地教导我们。就这样，在人和小学的庇护下、老师们的呵护中，我在这里度过了难忘的六年。

我与人小再重逢

生在人和，学在人和，工作也在人和，我对人和有着说不清的情感，也有着道不清的缘分。2008年至2013年，我在大竹林街道汪家桥社区任党委书记，在那里，我和人小开启了一场重逢之旅。

当时工作的地方与人和小学只有一街之隔，我时不时便会到学校去看看。枝繁叶茂间，我走在塑胶跑道上，学生们在宽敞明亮的教室里上课，多功能教室、文化长廊等校园基础设施一应俱全，校园的美让师生们迷恋，也勾起我的无限回忆。

饮水当思源，40多年前，迈入校门的第一步，母校就训诫我要做一个正直、向上，充满善良与正义的人，这份训诫也助我朝着更高台阶迈进。在汪家桥社区工作时，我将这份恩情反哺于我的母校，与学校结成对子，达成社区学校共建协议，积极鼓励、引导和支持学生走进社区，充分运用社区独特的自然资源、文化资源，同时也开展各式各样的实践活动，提高学生动手能力，努力把社区建设成思想道德建设和深化实施素质教育的重要阵地。

与人小的重逢不只发生在我的工作中，还发生在我的家庭里。70余年前，我的父亲来到了人和小学求学；40多年前，我在人和小学开启了我的教育启蒙；但缘分并未就此结束，我的女儿，也在人和小学赓续着我们两代人的青春……一家人时常围炉话旧，提及人小往事，我们常常骄傲地说："我们三代都是人小人！"

当凋零的树叶又一次唤醒凛然的秋意，当习习秋风又一次送来沁心的花香，在这个属于收获的季节，在人小百年华诞之际，我期待着与母校的再次"重逢"……

人物档案

谢兰，中共党员，现任重庆两江新区人和街道邢家桥社区党委书记、居委会主任，中国共产党第二十次全国代表大会代表。1976年到1981年就读于人和小学。先后获得"全国优秀共产党员""全国三八红旗手""感动重庆十大人物""重庆市抗击新冠肺炎疫情先进个人""重庆五一劳动奖章"等荣誉。

深情相伴十九载
见证人小一路蜕变

故事发生于1987年，那时的我刚调任人和，人和小学还叫作江北县人和乡第一中心小学校。由于地理位置优越，临近主城，交通便利，即使当时办学条件艰苦，校舍破旧，但人和小学仍是师生向往的地方。

—— 李成果

乘改建东风 迎来办学高潮

因为是区域内历史悠久的一所中心校，上级领导部门对人和小学的发展非常重视。时值319国道修建，人和小学处于国道规划路线上，需要迁址重建。正是这一次的变革，让人和小学迎来又一次办学高潮。

我们意识到，人和小学的迁址重建不仅是学校本身的事情，更是区域教育发展的一件大事。于是我们接连召开工作部署会议，对人和小学的迁址重建工作进行统筹规划。大到学校选址、工程队入场，小到校园绿化、栽种树木，无一不在我们的工作方案里。

那时我和我的同事们经常"泡"在学校的工地上。学校过渡期间搬到319国道对面的一个市场开展教学，我们专门召开了搬迁工作会，作出了周密的部署。在周校长、左书记的精心组织下，发动全体师生，在两天内，顺利搬迁完毕，准时开学上课。

新校区绿化工程开动，我们便动手栽种树苗。学校现在校史馆门前的黄桷树就是在那个时候种下的。每当我回到人和小学时，总会去那里走一走，闻一闻夏日里阳光交织着黄桷兰的味道，当年在工地上看图纸、搬运材料的场景仿佛又重现在眼前。在我的心中，人和小学是我看着长大的"孩子"，它承载了太多我对人生、对教育的记忆和期待。

迁址重建后的人和小学教学设备先进，校舍明亮宽敞，校园环境优美，地理条件优越，瞬间吸引了众多学子前来就读。"不能让人和小学成为一个漂亮的空壳子"是那段时间一直萦绕在我耳边的声音。硬件设施到位了，软件也要跟上。于是我们开始选调优秀教师充实人和小学师资队伍，全力做好人和小学的教师配套工作。

自那以后，人和小学焕然一新，跑出了教育发展的"加速度"。学校高度重视学生的全面发展和素质教育，经常举办各类活动，邀请教育工作者进校参观，成了区域教育的一张靓丽名片。

乘新区春风　驶向崭新未来

作为人和当时首屈一指的学校，人和小学执行力极强。记得当时区里需要举办一场展示活动，我们首先想到的就是人和小学。不出所料，他们凭借丰富的经验和极强的执行力，将整场活动办得有声有色，获得了领导及参观嘉宾的一致好评。

无论是过去还是现在，人和小学校领导班子高度团结务实，综合素质高，传承了历届领导的风格艺术，具有创新超越的治校精神，是一个团结向上，务实笃行，从不搞"花架子"的学校班子。只要下达任务，它总是在第一时间响应，并落实到位。

两江新区高速发展的这十几年，也是人和小学探索前进的十几年。新区第一个市级科技特色学校、首批全国校园足球特色学校、首批全国青少年网球特色学校……无数的荣誉没有让人和小学沾沾自喜、固步自封，而是乘着新区发展的春风，探索出独具自我风格的教育之路。

直至今天，我虽已步入耄耋之年，可我对人和小学的关注没有丝毫减弱。闲暇时，我还会到学校走一走，闻一闻黄桷兰的花香，抚一抚岁月留下的痕迹。我相信，在不久的将来，人和小学将以崭新的面貌迎接时代的检验。到那时，我将续写我与人小的感动故事。

人物档案　李成果，中共党员，从事教育工作39年。先后在鸳鸯一校、礼嘉中学任教。曾任礼嘉中学教导主任、副校长、校长。1987年2月调任人和区教办室主任。

泡在施工现场
建设人小第一栋教师宿舍

四年光阴,一栋教师宿舍,是我在人和小学留下的印记。虽然已经过去32年,但或许是因为那段日子太苦,又或许是因为那段日子太甜,让我至今无法忘怀。

—— 李传元

尽心竭力 勇挑重担
成为人小最像施工员的校长

20世纪80年代,我调到人和小学做校长。那时的人和小学办学条件有限,没有教师宿舍,老师们都住在废弃的办公室或教室里,不仅面积狭窄,还存在一定的安全隐患。

了解到这一情况后,我向上级单位打报告,申请划拨资金修建教师宿舍。在我多次上门交谈之后,上级单位终于同意划拨10万元给学校修建教师宿舍。

消息传回学校,教师们欣喜若狂,纷纷期盼能分得一间宿舍。看着他们满心憧憬的样子,我陷入了沉思:宿舍该怎么修,修多少才能既满足大家的需求,又不超过上级单位划拨的金额。凭借之前的经验,我知道如果在外寻找施工队伍进行修建,这笔钱绝对无法将宿舍修建完成。于是我决定亲自组建队伍,全程参与教师宿舍的修建。

经费紧张、建材短缺、人手不足都是当时面临的难题。但即便再难,也要将修建工作推进下去,经费紧张就把每一分钱用在刀刃上,建材短缺就找相关单位借,人手不足就全校师生都上……大家都笑我是最像施工员的校长。

那时候整个区域很难找到一个长期运输货物的司机,我时常担心司机明天一早就不来了,为了防止这种情况发生,我直接让司机住在我的家里,每一次运输建材我都亲自押车,以保证工程的正常推进。

一次运输脚手架时,车轮卡在一个土坑里了,我刚打开车门下车准备查看情况,后面的钢管因为惯性直接插进了我的座位上,现在想来都隐隐觉得后怕。

就这样,我们最终在规定的金额里完成了宿舍楼的修建。看着教师们拿着钥匙的笑脸,又让我想起了他们得知要修建宿舍时的兴奋和憧憬,也总算没有辜负他们的期望。

常常关注 时时问候
成为人小幸福的退休教师

在我担任人和小学校长期间,我的妻子也在人和小学任教,我修建宿舍,她教书育人,我们俩就这样相互扶持着走过了那段艰难又幸福的日子。

后来,我们俩都从人和小学退休了。退休后,她时常在我耳边念叨在人和小学的日子,怀念人小的教师还有孩子们。偶尔,我也会带着她回到学校,去看看以前的老同事们。

每逢教师节或是学校的重要节点,学校的领导和老师们都会邀请我们这些退休教师回到学校参加座谈会,给我们颁发荣誉证书,请我们观看文艺节目,时常关心我们,让我们感到十分温暖。

人和小学90周年校庆时我们也回去参加了,学校颁发的奖杯我们一直都珍藏着,那是经过岁月沉淀后留下的印记。

一转眼,人和小学已走过了百年征程,但她仍焕发着少年般的生机与活力,正向着下一个百年昂首阔步走去,我也会继续陪着她,见证她的辉煌与灿烂。

人 物 档 案　　李传元,1986年调任人和小学校长。

砥砺深耕育桃李
艰苦卓绝不言弃

教书育人四十一载，其中26年都是在人和小学度过的。如今回望自己的教育生涯，无论是从教初期在人和小学艰苦的办学环境，还是在教育教学工作中与同事、学生建立的深厚情感，我都感悟良多，难以忘怀。

—— 周 荣

青年担重任 勤奋育桃李

1981年，我从原江北县师范学校毕业，来到人和小学任教。在那样一个师资力量极度匮乏的年代，我同其他教师一样，身兼多职，担任人和小学的数学、美术老师，还兼任学校的少先队大队辅导员。

每天早上，学生们都坐在教室里的石凳上，捧着一本书大声诵读，认真学习的样子让人爱怜。由于学校办学条件有限，学生只能在破旧的瓦房里读书学习，我们老师也只能多教书，让学生们多看书，用精神上的富足来填补物质的空缺。

1985年，在机遇的垂青下，我被任命为人和小学副校长。19岁的年纪便身兼要职，我倍感责任重大。为了当好副校长，处理好学校相关事务的同时，我也努力提升自己。

在任期间，正值"普及六年义务教育"政策实施，由于人和小学地处城乡接合部，除中心校外，辖区内还有9个村校。我们虽然千方百计改善办学条件，但是由于绝大部分家长义务教育意识薄弱，要求孩子在家帮父母干农活儿，等到收获的季节便把庄稼运到集市上售卖赚钱，孩子们几乎没有时间来学校学习。即便有愿意来学校学习的孩子，很多家长也不情愿。在这样的情况下，我便开始动员教师们去学生家里"劝学"。

我们每周都需要走过一条条崎岖的山路，去学生的家里给家长做思想工作，偶尔还会吃"闭门羹"。但我们迎难而上，最大程度地让他们知道学习对孩子的重要性。好在我和老师们"劝学"的方法颇有成效，越来越多的孩子回到了校园，让孩子们接受教育的期盼也不再只是奢望。

坚定教育理念 推动和谐发展

在我刚担任校长时，人和小学教师的素养参差不齐，有许多还是农村的民办学校教师，在教育学生方面并没能形成一个系统、全面的教育思路，我便依据学校发展的实际，提出"人人进步，和谐发展"的学校办学理念，以教师培训为抓手，着重从培养教师的专业素养、提升学生综合素质、促进学校全面发展这三个方面提高人和小学整体办学水平。

虽然当时交通不发达，教师们无法向先进的地区学习教学观念和方法，但为了提高人和小学教师的整体素养，我开始组织学校内部的老师一起互相学习，用"以培代训，以研代培，以赛促训"的方法，加强教学研究活动，督促他们提高教师素养，让优秀教师带领其他教师一起学习进步，从而促进学生的进步和发展。经过一系列努力，校内的教师和学生都得到了多方面发展，学校也得到长足的发展，成为原江北县（现渝北区）的文明单位、科技活动示范校、体育传统项目学校、重庆市科技先进集体、重庆交通安全文明示范校，多次获得区办学水平一等奖。人和小学也成为那个年代"让家长放心，让百姓放心"的人和地区标杆学校。

在此期间，我小学时期的启蒙教师、任教时期的同事刘开华对我的成长起了关键性的作用。刘开华也曾和我母亲共事，在我上小学时，母亲常常对我说："你要好好听刘老师的话哦，刘老师是非常敬业的好老师"，刘老师给予我无微不至的关心，我也在她孜孜不倦的教诲中学会做人要诚实守信。

当我从江北县师范学校毕业归来，她在工作上给予我最大的支持和鼓励。在刚开始推动提高教师素养的工作时，难免与其他教师的观念出现分歧，工作上产生摩擦。每当这时，刘开华老师便会与同事交流："周荣是我的学生，多多配合一下他的工作嘛。"在几十年的共事中，刘开华老师已然成为我坚实的后盾，我常常亲切地称呼她为"刘妈妈"。

2007年，由于天宫殿学校成立，我便调至天宫殿学校任校长。但在人和小学长达26年的工作经历，培养了我爱岗敬业的精神、谦逊做人的态度、吃苦耐劳的毅力、积极向上的品质、严谨治学的作风，使我终身受益，也让我成长为一位合格的教师和学校的管理者。

我深爱着我的母校，感恩我的母校！祝我的母校——人和小学桃李满天扬四海，硕果累累更辉煌！

人物档案

周荣，中共党员，重庆两江新区天宫殿学校党总支书记、校长，中学正高级教师，重庆市教育学会第八届理事会理事，重庆市教育学会义务教育专业发展委员会副理事长。1971年至1978年就读于人和小学，1981年参加教育工作并在人和小学任教至2007年。主持参研多项国家、市级课题，出版教育专著1部，主编出版研究成果2部，参编出版研究成果2部，多次公开发表多篇论文，获得国家级、市级奖励，研究成果获重庆市政府教学成果二等奖。

岁月长歌一百年

时光长河千秋岁，旧貌新颜一百年。2022年，人和小学迎来百年华诞，这是在荣获"光荣在党50年"纪念章后最让我激动的事情。百年岁月，百年传承，有过柳暗花明的阳春白雪，也有过砥砺前行的瓶颈阵痛。一次又一次的革新洗礼中，我也见证了人和小学由意气青年步入稳重壮年，终成一代名校。

—— 李占荣

幼小衔接

创办全区第一个学前班

1983年9月，我偶然间听闻小学可以兴办学前班的消息，心中就开始盘算一笔账。彼时人和小学属乡镇中心校，辖近10所村校。在改革开放的初期，很多教职工一心扑在工作中，年幼子女都放在父母处"散养"，无法照料，成为不少教职工和区里行政单位职工的"心头事"。

创办学前班，不仅可以解决他们的一大难题，还可以开展幼小衔接工作，优化一年级教学。说干就干，我立即到教办室找龙文干商量，幸运的是，龙文干十分赞同，区里也大力支持。

学前班开办起来后，我选派了教学经验丰富、工作能力突出、责任心强的梁克淑、陈秀英2位老师专职授课，也开创了由小学教师专职授课学前班的良好范例，提升了保教质量，社会反响十分良好，生源增加很快。

节俭办学

植入教职工成长基因

在20世纪80年代，教师工资只有30元左右，节俭是必须深入贯彻的工作重点。幸运的是，这早就成为人和小学的优良传统之一。

记得有一次学校组织教职工赴武汉游学，拓宽教职工视野，舒缓教学压力，释放心灵。为节约开支，全体教职工掀起了一场"节俭游学"的讨论，自发探讨如何出发最为节约：有人说坐船最为节约路费，沿途还可以观赏三峡风景；有人说船票买散票，找空地睡觉，节约床铺费用；

有老师甚至主动睡在座椅下面的空隙里，就为了节约一张床铺票。到了目的地，老师们纷纷出主意说不住宾馆，就住访问学校的学生寝室……条件虽艰苦，心却甜如蜜，老师们没有任何怨言，让人十分感动。

可以说，节俭办学，是学校的悠久传统，已成为每位人和小学教职工的成长必备品质。

互助互爱
永葆初心守护团队温暖

在我的记忆里，守望相助，是人和小学教师的精神内核之一。

在一次外出学习途中，天气炎热，老师们饥渴难耐，肖公道老师一见，二话不说，拔腿就跑，不一会儿，大汗淋漓地抱来一个二三十斤重的大西瓜，切成小块，人手一瓣，全体分享。大家交口称赞，他却呵呵直乐，傻笑个不停。但大家一提出要给钱，肖老师立即摇头摆手，远远跑开。

返程的时候，艾万明老师不小心把车票丢了，也没有多余的钱来买票。在那个大家都不宽裕的年代，老师们却不约而同地自愿捐钱，给艾老师重新购买了一张车票。每次提到这个事，艾老师都眼含泪光，满脸幸福。

人逢盛世百岁短，业遇太平万年长。人和小学百年积淀，百年传承，我相信，在杨敏校长的带领下，必将厚积而薄发，抓住当前新的扩建大好机遇，迎时而上，创建更优质的强校。

人 物 档 案

李占荣，小学高级教师。先后任江北县白去中心校校长、江北县人和双碑小学校长、人和中心校校长、人和中心校书记。曾获得"江北县集资办学先进个人"称号。

做自己 做好自己
做最好的自己

光阴荏苒,弹指一挥,我来人和小学工作快30年了,从2000年1月担任人和小学党支部书记至今也有23个年头了。回顾这几十年的岁月,没有惊天动地的业绩,只有脚踏实地,默默地坚守,以"办好人和教育、促进人人发展"为主旨,与历任校长同心同德、密切合作,坚持立德育人,培育孩子习惯,改革课堂教学,鼓励师生读书,开展社团活动,为师生提供成长的舞台……

——左 明

齐心协力 携手走向幸福教育

教师队伍建设是学校一切工作的突破口,作为学校党支部书记,我积极倡导并制定了"一起做事、深度参与、共同成长"原则。一起做事,不是领导高高在上、发号施令,而是与人和小学的管理团队、教师团队平等地参与到学校的每一件事情中,为学校的发展贡献应有的力量,在深度参与中发现学校、教师的生长点,实现两者共同成长。因此,我始终坚持与老师们一道专心致志搞研修,在读书分享、同课同研、观课研讨、专题讲座等活动中我们都收获颇丰。

值得一提的是,在校长的鼎力支持下,近年来,我积极协调学校各部门,齐心协力组织开展了一系列大型活动:学校文化建设、科技节、校园艺术节、演讲比赛、读书报告会、趣味运动会、教师基本功大赛、班主任技能大赛……这些活动为全校师生搭建了展示自我的平台,也使我们人和小学的校园充满了勃勃生机。

曾经,一名49岁的中年女教师,坦言自己有8年没有参与过学校的活动,教育生涯已日趋平静,没有了年轻时的朝气与活力,也失去了竞争与激情。但自从学校开展一系列丰富多彩的活动以来,她感觉自己身上沉睡已久的细胞一下子被唤醒了。"登上了阔别已久的舞台,再现昔日风采,让我找回了丢失的自信——我居然也能获得技能大赛优秀奖,当拥有鲜花与掌声的那一刻,我感受到作为普通教师原来也可以如此幸福!"这名教师如是说。

尊师爱生 营造教育良好生态

作为人和小学党组织的主要负责人,我在党员民主生活会上总是带头自我反省,在日常生活中力争做到自重、自省、自警、自励,处处以党和国家的教育事业为重,以个人利益为轻。

在2009年教师职务晋级过程中,根据学校晋级方案,我的条件达到了8级晋升标准,但当时王永芬、王秀蓉两位老师面临退休,她们十分希望学校能给即将退休的老同志最后一次晋级机会!于是,我主动找肖建新校长商量,最终,我俩毅然决然地将这两个本属于我们的晋升机会诚心诚意地让给了临近退休的老教师……

都说火车跑得快,全靠车头带,但我认为,没有好的铁轨,再好的火车头也开不起来;没有好的车厢,再好的火车头也拉不了东西。好的铁轨就是好的政策、好的氛围,而好的车厢,就是校园里良好的教学环境。

作为学校党支部书记,我几乎每天早晨7点前到校,晚上7点后离校,中午只在办公室的沙发上躺一会儿,而且坚持上课。有人不理解,这样做的目的是什么?我的回答很简单,就是将学校管理工作重心下移,和教职工们想在一起、站在一起、干在一起,更好地理解和尊重教师,营造良好的教学环境。为此,学校老师们常常自豪地说:"我们既占天时、也占地利、更占人和,所以在人和小学工作,真的感到很幸福。"

在庆祝人和小学一百周年的前夕,作为老一代人小人,我想说的还有很多,但千言万语汇成一句——做自己,做好自己,做最好的自己,以此与我们人和小学的师生员工们共勉。

人物档案

左明,中共党员,重庆两江新区人和小学校党支部书记,中学高级教师。先后被评为重庆高新区优秀共产党员,重庆北部新区优秀党务工作者,重庆两江新区建设新发展理念先行示范区争光贡献奖先进个人。2022年任重庆市优秀少工委主任。

以教育之名书写华彩篇章

岁月不拘,时节如流。回首教育生涯,我在人和小学度过了整整二十个春秋。人和百年,我有幸见证了它五分之一的芳华与荣光,长路漫漫,它也给予了我人生难以忘却的青春与回忆。

—— 肖建新

师道百年　人和重传承

三尺讲台,三寸笔,三寸舌,三千桃李;十年树木,十载风,十载雨,十万栋梁。1994年,我踏入了人和小学的大门,有幸成为一名光荣的人民教师,担当起了教书育人的使命。

20世纪八九十年代的人和小学还处于江北县的城乡接合部,各项设施都很落后,教学条件十分艰苦。但纵使砖瓦相伴,看着孩子们高昂的学习热情,我心中也丝毫未觉得苦,和他们一起,我在教学工作中更加充满了激情与干劲。

或许正因为这份激情与干劲,得到了上级领导的垂青,在组织的安排下,我从教师到少先队辅导员,再到德育主任,最后到学校校长。每一份岗位都是不同的历程,每一段历程的背后也让我感受到了不一样的人和风采。

人和小学是一个有历史的地方,百年人和小学,历久而弥坚,始终薪火相传。我在担任校长职务期间,恰逢人和小学校的90周年校庆,这份传递薪火的重任落在了我的肩上,于是我组织学校全体师生历时三个多月倾心筹备,安排人员到老教师、社区群众中去走访、收集关于人和小学的点滴记忆,并系统梳理资料,老师们也不分昼夜,加班加点工作,齐心协力为人和小学构建出了一个完整的文化理念体系,也为它厚重的历史奠定了更加深厚的文化积淀。

人和小学也是一个有个性的地方,年轻教师的奋进与创造,中年教师的责任与担当,老年教师的使命与传承,共同构建了人和小学的教师群像。老中青三代荟萃的师资结构也为学校注入了丰盛的文化活力。不仅如此,在人和小学的这20年里,我发现人和师者都沉浸于"人人进步,和谐发展"的办学理念中,大家相互成长,相互进步,在不断的更新交替之中,续写着人和小学的教育荣光。

办学路长 人和勇创新

坚持守正，创新才有方向和归依；不断创新，守正才有活力和基础。面对新时代的诸多挑战，人和小学在传承和发扬优厚文化底蕴的同时，也不断开辟着新时代教育的特色之路。

2013年，学校被评为重庆市科技特色学校。课堂之中，人和小学抓住时代契机，不断加强对学生科创能力的培养，努力打造科创强校。

2015年，学校被评为全国校园足球特色学校；2018年，学校被认定为全国青少年校园网球特色学校。教学之余，人和小学坚持"德体"两不误，为学生构建一个充满激情的运动乐园。

2017年，"和润课堂"课程改革成果被列为市级一等奖。讲台之上，人和小学师者积极提出教学新理念，促进学生新发展。

"绿色校园""园林式单位"、重庆市"首批美丽校园"……人和小学荣获多个称号，在开展特色教育的路上，我们秉承了以教育质量为中心绝不松手，学校环境建设绝不放手的理念，作为其中的一名参与者，我不断引领着全校师生积极探索，努力让校风校貌更加良好，力争做到让环境说话、让环境育人。

浑厚的人文气息，匠心独具的文化理念，优美的育人环境，这里的每一项都是人和小学校响亮的名片，也是它在教育路上实践的烙印。作为曾经是人和小学校长的我，为它现在欣欣向荣的景象感到无比骄傲与自豪，也希望它在未来的道路上继续登高望远、奋楫扬帆！

人 物 档 案 肖建新，重庆两江新区金州小学校党支部书记、校长，新加坡南洋理工大学教育管理硕士，曾任人和小学校长。

在人小读懂教育

教育,是一份光荣的事业,更是一份沉甸甸的责任。教育的内涵和意义在不断的实践中得到印证。在人和小学的那几年,让我感受到教育的快乐,也真正明白了教育的内涵。

—— 王　伟

教育生涯在这里奠基

1993年,带着对教育的一腔热情,我来到了人和小学这个大家庭。那时的我很年轻,对教育有着无穷的想法和憧憬,面对120多个学生好像有用不完的能量。我喜欢和他们求知的眼睛对视,喜欢课堂上他们高高举起的小手,喜欢他们课后缠着我和他们一起游戏,喜欢和他们在一起的每一分每一秒……

这一切都让我时刻感受着无穷无尽的生机与活力,那是一种希望的力量。每到周末,我都会让有需要的孩子来家里无偿补课,或是解答试卷上不懂的错题,或是再讲讲上周没明白的知识点……看着并不宽敞的家里坐满了孩子,心也跟着填满了。

作为一所历史悠久的学校,人和小学十分重视文化积淀与传承。一代代领导、一批批师者、一届届学子都在"人人进步,和谐发展"办学理念的指引下不忘初心,赓续奋进。在这期间,学校领导十分关注我们年轻教师的成长,工作上经常提供学习机会,生活中时常嘘寒问暖,为我们解决后顾之忧。同事们团结一心、互相帮助、真诚以待,私下里常常一起交流、运动,是彼此工作、生活上的"智囊团"。

日子滚滚向前,随着孩子们从最开始的可爱孩童成长为积极向上的阳光少年,我也逐渐褪去初登讲台的稚气。在人和小学的5年班主任实践经历让我逐渐摸索出我自己的教育方法和教育理念。

教育内涵在这里读懂

古人云:"师者,传道授业解惑也。"在我看来,教育不仅是教人知识,更是教人方法,教给学生寻找幸福的方法。"授人以鱼不如授人以渔",我从来不把一个学生成绩是否优异作为评价他的唯一标准。世间的价值和幸福是多元的,那么对一个人评判的标准也应该是多元的。

直至今日,我依然觉得一个教师不做班主任是很遗憾的。因为教育的内涵和意义都藏在班主任那些琐碎、繁杂、细致的工作里。曾经,我的学生小志(化名)存在智力障碍,大家给他取外号,嘲笑他。我知道以后,便将这几个同学叫到办公室了解情况,并与他们心平气和地交流。我告诉他们,每个人都有存在的价值和意义,作为同学,应该互帮互助,共同建设一个和谐友爱的班级。

一次下课后,我看到小志一个人待在角落里,我便叫他帮我把作业抱到办公室去,并对他致谢。没想到他非常开心,自那以后常常帮我做些抱作业之类的事情,脸上的笑容也越来越多了。

看到小志的变化,同事们都很惊讶,但只有我自己知道,当一个人找到了自己的价值和存在感,他的幸福足以感染身边的每一个人。我一句感谢让小志感受到了自己的价值,即使他的成绩不那么优秀,但也是被我肯定和需要的。直至今天,我在大街上走着,碰到小志时,他还是会兴冲冲地和我聊天,分享他的近况,每当这时,我都倍感满足。

教给孩子们寻求幸福的方法是我在人和小学工作期间明白的,这也伴随着我的整个教育生涯。在民心佳园小学,我积极鼓励教师们都当一当班主任,和学生深入交流。在班级,我给每一个孩子都设置一个岗位,让他们做班级的主人,参与班级的建设。孩子们在被需要中找到自己的角色,感受自己存在的价值和意义,学会找到幸福的方法。

在人和小学的那几年,不仅为我的教育生涯奠基,也让我真正读懂了教育的内涵。它如海上灯塔,指引着我这个摆渡人前行的方向。与人小、与教育的故事,我将永远续写下去。

人 物 档 案

王伟,重庆两江新区民心佳园小学校长,曾任人和小学教师。先后获得"重庆市人民政府基础教育教学成果一等奖""两江新区开发开放突出贡献奖先进个人""十佳管理干部"等荣誉。

忆人和小学的建设与变化

历经沧桑,不知有多少人的努力才迎来了人和小学100年辉煌。人和小学建于1922年,是历史的传承。回忆在人和小学的所见、所做、所悟的记录,感慨颇多。

20世纪80年代,人和小学名为江北县人和区人和第一小学,管有辖区双碑小学、天宫殿小学、龙坝小学、双桥小学、柏林小学、大坡小学、重光小学、集乐小学、万年小学9个村小。

—— 杨业明

条件艰苦 迎来发展曙光

那时候,学校是土围墙,教室是很普通的土墙瓦房,教师的住房是用乱石做的房子,人均面积不足8平方米,人均工资不到300元。当时,生活、工作都很艰苦,但大家积极向上,以人和教育为己任,全力保障人和小学的教育质量。

由于当时教师的工资由乡财政负责,所以学校领导和乡村紧密相连。特别是校长、书记,他们不仅要向乡、村汇报工作,提出教师们的需求,还要管细管好学校工作,非常辛苦。

20世纪90年代,重庆交通基础建设加快,学校旧址被高速路、机场路占用,中学迁出单建,小学于1996年搬到603仓库后的房子过渡。学校改名为渝北区人和镇中心校。一年后,新校区建成,两楼一底,共三层,有教室、办公室、功能室24间,以及一个较大的土操场。

学校搬入新校区后,教学设备设施逐步增加到位,但学校的运动场没有修建资金,学校组织师生平整操场,利用空余时间,轮流、分片、分任务运石、砸石、平整。学校领导也分到年级、班级参加劳动,全体人员坚持了一学期,操场基本平整,能集合做操、上体育课。通过师生的努力,加上普初和普九检查的积极推进,人和镇政府拨款硬化了操场,随后才有了塑胶操场。

攻坚克难 守护学子安全

随着社会发展,从万年小学并入中心校到全镇村校撤并合入中心校,只有两三年时间。人和小学由几百名学生到最多时约3000名学生,各功能室都用来做教室,每间教室有六七十个学生。除此之外,学校常常迎接各种检查、学习和研究。教师的工作量大,学校领导们的责任更大。

由于汶川地震的影响,上级单位重视学校房屋结构问题,拨款改造和加固教学楼,小学全部迁入人和小学外操场临时教室教学。在过渡的一年期间,全校师生克服各种困难,让人和小学教学质量保持良好的势头,送到人和中学的学生中考都取得了好的成绩。

人和建立交桥时,学生们上学、放学的交通安全是个大问题。施工现场杂乱,学校学生多,为了学生安全,学校组织护路队早上到路口接,中午、下午放学送,由行政值周和值周教师轮流负责,坚持了近三年,这期间,没有出过一起安全事故。

人和小学教育是老师们传承人和精神,坚持党的教育方针,坚守办学理念的结果。我们怀念在人和小学的工作历程,赞美人和小学的发展与成就,歌颂人和小学教师的无私奉献精神,祝愿人和小学有更加美好辉煌的未来。

人 物 档 案

杨业明,中共党员,中学高级教师,区级骨干教师。1977年7月毕业后到原江北县统井黄印中心校任教,1985年3月调江北县翠云中心校任校长,1989年7月调人和教办室任语文教研员,1994年3月调人和小学任副校长。

社区学校同携手
共驻共建促和谐

自1998年以来,汪家桥社区已与人和小学携手并进二十四载。作为第一个共建单位,我们和人和小学始终保持着紧密联系,互帮互助,共创和谐。

—— 廖先萍

排忧解难 做好教育事业"后勤部"

间隔一条马路,直线距离100米,步行时间2分钟,这就是汪家桥社区和人和小学的距离。便利的地理位置使得我们两家单位联系愈加紧密,社区时刻关注着这所"家门口"的学校,倾听他们内心的声音,为他们提供物资、人员、场地等帮助。

多年前的人和小学周边环境并非如今这般静谧、文明、安全,临时菜市场的喧嚣自凌晨开始,直至孩子们离开校园才逐渐褪去;放学后校门口零食摊的叫卖声此起彼伏……如果只是喧闹便罢,但涌入的人流和车辆也为学校周边的安全埋下了不小的隐患。

社区了解到这一情况后,立即召开校园周边安全工作会议,邀请学校负责人以及相关单位领导共同商讨解决办法。经过大家一致同意,我们决定将学校周边的临时菜市场迁至别处,严禁一切移动小吃摊在学校周边营业,还学子一个安静、安全、稳定的学习环境。

在执行的过程中我们也遇到了很多困难,重新选址的难度、摊主的抵触情绪、居民的抱怨都让我们感到头痛,但一想到孩子们天真灿烂的笑脸,大家又充满干劲。最终,在多方工作人员的共同努力之下,这些问题都得到了一一解决。

如今,唤醒学子们睡意的是清脆的鸟鸣,有专人护送学子过马路直至学校大门关闭,家长们也不用担心孩子们在路边摊吃坏肚子,校园门口一片整洁……

小手牵大手 形成家校社共育"新局面"

作为第五批重庆市"扫黄打非"进基层示范标兵,社区联合人和小学陆续开展"扫黄打非"

进校园、"绿书签·在行动"系列宣传活动,庆祝中国共产党成立100周年"童心向党"等主题教育实践活动。期望通过社区联合学校教育孩子、孩子影响家长、家长带动社区,营造良好的社会氛围,形成家校社协同育人的和谐局面。

除此之外,社区还针对没有和长辈住在一起的双职工家庭开设了无偿冬令营和夏令营,这里面不乏在人和小学就读的学生家庭。家长们把孩子送到社区,由社区招募的大学生志愿者辅导孩子们学习,开展丰富多彩的趣味活动。解决双职工家庭长假无人带娃的民生痛点,也让孩子们度过一个充满乐趣且意义非凡的假期。

社区与学校的良好关系不仅体现在社区对学校的帮助,更体现在学校对社区工作的支持与配合。每当社区组织篮球比赛或是其他活动,人和小学毫无推托之词,热情地为我们提供场地、人员等。我们就在这样互帮互助、彼此信任的良性循环中并肩前行。

人和小学的文化传承与特色教育大家有目共睹。但最让我喜欢的是他们每周一的升旗仪式。因为他们每周都会根据一定的时间节点或是学校的重要事情设置主题,并让学生去谈谈理解与感受,这很接地气也极具教育意义。在这么一个小小的环节中,我能窥见学校对于日常管理与教育的用心、用情,这也对我们社区工作的开展具有较大的启发。

一百年很长,一百年又好像很短。希望在未来,人和小学和汪家桥社区可以继续保持共驻共建、共创和谐,续写下一个百年的新篇章。

人 物 档 案

廖先萍,中共党员,大竹林街道汪家桥社区党委书记。先后获得"重庆市优秀巾帼志愿者""家庭教育工作先进个人""优秀基层党务工作者""优秀共产党员"等荣誉。

我的人和岁月
——从梦想起航的地方,到永远的精神家园

青油油的稻田,蜿蜒曲折的田埂,泥土气息裹挟着野花香在空中弥漫,老式土坯房冒出的缕缕炊烟在屋顶缭绕。掩映在稻田之中的两幢瓦房,是孩子们的教室,两幢瓦房之间则是操场,操场边上稀疏地矗立着几棵黄桷树,一到夏天,枝叶繁茂,郁郁葱葱,为孩子们提供了夏日的大片阴凉……

这些尘封在我脑海深处的记忆,虽已年代久远,但却恍若昨日,历久弥新。

—— 杨 敏

从"相识"到"相知"
这里是我梦想起航的地方

1995年的9月1日,还略显懵懂的我从鸳鸯镇尖山完小调入人和小学下辖的双桥村小学任教。两个班级,三位女老师,构成了一所学校。

当时的我既承担着两个班的数学教学工作,又担任二年级的班主任,还是孩子们的自然、科学、劳技、思品老师。一周下来20节课,我也游刃有余,丝毫未觉得累。

教室里朗朗读书声、田野里哞哞耕牛声、村子里鸡鹅的嘶叫声、树枝上麻雀的鸟鸣声,还有从门窗外阵阵袭来的风声,各种各样的声音交织在一起,构成了一曲美妙绝伦的自然交响曲,那是青春的赞歌。

下课铃声一响,校园立刻进入"疯狂"模式:打纸片、跳绳、踢毽子、跨人跳、田口边捉蚂蚱、土堆上滑滑梯,没有人能阻挡孩子们释放天性。此时的我化成一只老鹰,带着十几个"尾巴",正"捉小鸡"呢! 课间十分钟,孩子们犹如插上了翅膀一般,尽情"疯",尽情玩,裤子刮烂,一脸尘土,浑身粘满了"鬼针",甚至还有鞋找不到的……

那时的孩子,纯真而质朴;那时的教育,本真而纯粹;那时的我,真实而青春。多年以后,回想起那样美好的教学状态,仍然怀念不已。

从"离别"到"重逢"
这里是我永远的精神家园

2003年,我调任人和实验学校,2007年调任天宫殿学校,2012年调任民心佳园小学,2014年组建康美二小。日子一天天过去,我在怀念逝去的青春的同时也怀念着人小。然而命运奇妙的是,2018年9月,怀着阔别十余载的深情与牵挂,我回到人和小学担任校长。

向阳草木长,天地人和宽。十多年间,人和小学发生了翻天覆地的变化,校园环境越来越漂亮了,教学设备越来越高科技了,课程改革越来越扎实了,办学特色越来越鲜明了……这些年,我们将学校的育人目标定位在"自主发展、创新发展、整体发展",坚持"循循滋养、滴滴浸润、启迪心智、导学相长"的教学方式,追求"和谐充盈课堂、智慧润泽心灵"的校园生态,构建起面向全体、五育融合、和谐润泽的"和润教育"体系。于细微处见精神,于细节处见发展,人和小学随着两江新区的跨越发展而不断进步,办学质量、成果和品牌得到了社会各界的高度评价和赞誉。

2022年,人和小学迎来办学百年的特别日子。对于学校而言,这不仅是里程碑式的跨越,更是我们的无上荣光。在办学百年成果系列展示活动的筹备过程中,全校师生热情参与,忘我投入,汇聚起一股强大的凝聚力,展示出"百年老校更奋蹄"的新姿态、新面貌。

梦在前方,路在脚下;心里有爱,眼中有光。我们将以办学百年为契机,持续推进特色立校、文化兴校、质量强校、品牌亮校工程,让每一位学生都能感受学习的收获和成长的快乐,让每一位教师都能拥有教育的幸福与专业的尊严,让每一位家长都能见证人和小学的发展与两江新区发展同频共振。坚持立德树人,坚持守正创新,为党育人、为国育才,努力为两江新区乃至重庆基础教育的高质量发展作出新的更大贡献。

从梦想起航的地方,到永远的精神家园——这就是我的人和岁月,还在继续,感念在心。

人 物 档 案

杨敏,中共党员,重庆两江新区人和小学校校长,高级教师。新加坡南洋理工大学教育管理硕士,中国教科院访问学者,中国教育学会策划分会特聘专家,教育部肖方明名校长工作室成员,重庆市最美校长。先后被评为重庆市学科名师、重庆市小学数学骨干教师、重庆市优秀德育工作者、重庆市优秀团干部。主持主研课题8个,教育教学案例论文在《人民教育》《教学与管理》等杂志发表,论文获得市级以上奖励的有20余篇。

百年人小助我修炼教学"四重"境界

1992年9月,我怀揣"到山那边去,为家乡教育作贡献"的梦想,带着一脸稚气,走进原江北县人和镇中心校(人和小学前身)下辖的重光村校,开始了我的教书生涯。三十载育人时光,其中有26年都是在人和小学度过,有幸与人和小学同呼吸、共命运,有幸参与、促进和见证了人和小学的发展,收获了学生全面发展、学校优质发展,个人也经历了教育教学专业成长的"四重"境界。

—— 李 梅

一重境界,志于道,以知识为师,坚守梦想,做"知识育人"之师

20世纪90年代的村校条件简陋,生活艰苦。左摇右晃的木桌就是课桌,土墙教室四面漏风,教室极为简陋。交通非常不便,只能走路去学校,下雨天道路泥泞,常常是人走过去了,鞋子还陷在稀泥里。白天要教书,晚上要做饭。从中师学校到村级学校,跟自己憧憬中的教师生活格格不入,我第一次体会到当一名教师是多么不易。恶劣的环境没有吓退我,我坚守着"到山那边去,为家乡教育作贡献"的教育梦想,坚守在三尺讲台。

1992年11月,才工作两个月的我,被安排参加中心校组织的赛课。第一次面对全镇那么多教师,我怀着"初生牛犊不怕虎"的劲头上了一堂语文课。虽然只获得了三等奖,却让我喜出望外,这是我教书生涯的第一张奖状呀。比赛结束,周荣校长就语重心长地对我说:"小姑娘,才工作两个月就能够把课上成这样,是一个教书的'好苗子'!"我还没有来得及高兴,周校长接着又说了一句让我一辈子都不能忘记的话:"你板书中'和睦'的'睦'字笔顺错了,这是一个老师很不应该的哟!"周校长的话让我无地自容,也让我深深明白,教师必须要有扎实、过硬的基本功,才能真正立足于讲台,才不误人子弟。

正是这种求真的校园文化氛围,鞭策着我虚心学习,踏实工作,引导我在专业上坚持"把知识教扎实"。我认真读教材,读教参,思考每一个知识点,设计教学活动,精心上好每一堂课,批改作业,辅导学生。功夫不负有心人,我所教班级的教学质量名列前茅,我收获了一位年轻教师特有的快乐,也让我在专业上修炼了做"知识育人"之师的第一重境界。

二重境界，据于德，以学生为师，以爱育人，做"自我教育"之师

1997年9月，我调到人和中心校任教，担任一年级班主任，除了音乐和体育学科，还"承包"了一年级一个班的语文、数学等其他课程，工作上"压力山大"。不巧，那时刚"升级"为母亲，正值哺乳期的我既要用心工作带好班上的43个启蒙学生，又要照顾家中嗷嗷待哺的小儿，晚上还要去观音桥参加成人高考辅导班学习。听课时趴在桌上睡着了，被老师叫醒的尴尬场面我至今还记忆犹新。我自嘲当时的自己是"一心三用"，面对繁忙的事务，要想工作、学习和家庭三不误，只是照章办事，仅凭一己之力，单打独斗的工作方法是应该改变了。

我以学生为师，试着发挥学生的长处，让能干的孩子做助手，于是，班上晨读、作业讲评、纪律检查、卫生打扫、文艺汇演、体育活动……都有小老师帮着管理，人人都有自己的职责，学生自我管理的能力得到了培养。

确如苏霍姆林斯基所说："真正的教育是激发自我的教育"。做"自我教育"之师，让班级班风正、学风浓、成绩优异；也让我的家庭和谐，孩子苗壮成长；更让我在成人高考（专升本）中榜上有名。在工作、学习和生活的磨砺中，我的教育教学经历修炼了做"自我教育"之师的第二重境界，点亮了我教书生涯的明灯。

三重境界，依于仁，以同伴为师，协同共进，做"合作共进"之师

2003年我调到人和实验学校工作。四年后，我又回到魂牵梦绕的人和小学，任教一个班的数学课，兼任教务处主任，2014年担任教学副校长。这期间，我始终坚守在教学一线，没有因为繁琐的行政工作而耽误教育教学的实践探索。

我明白"一个人可能走得很快，但一群人才能走得更远"。在教学上，我以同伴为师，做"合作共进"之师，与教研组的老师们共同研究教学，共同分享教育资源，分享收获，分享经验。在教学管理上，更是团结协作，协同共进。

在时任校长肖建新校长的带领下，我和老师们积极探索建构具有人和小学特色的"和润课堂"教学模式、"和润教师"专业发展路径与"和雅少年"成长的培养模式等。在现任校长杨敏校长的率领下，我和同伴们一道继续探索学校减负提质增效之方略，探索师生健康全面发展之路径，探索校园文化建设之魅力，为学校的深化改革和持续发展踔厉奋发。

依于仁，以同伴为师，协同共进，学校荣获重庆市基础教育教学成果一等奖，也让我在专业上修炼了做"合作共进"之师的第三重境界。

四重境界，游于艺，以生活为师，实践提升，做"晓艺善诱"之师

大道至简，教学的追求永无止境。"人化自然 和润于心"的学校文化给了我启迪，我不应当只是追求教学的技艺、技术，应当超越"技艺"，回归到对"人"的关注，对"人的生活"的关注，将人的现实生活引进课堂，学习有用的知识、能力，培养人的未来生活所必需的品格、关键能力和正确的

价值观。

于是,"生活中的窨井盖为什么要做成圆形?"等一个个生活问题,成了课堂争论的焦点。不断地从点滴做起,从细节做起,坚持实践,"智趣融合,生动高效"慢慢成为了我的数学教学风格。"生活""生本""和谐"成了我的教学理念,也让我实现了做"让学生喜欢,让家长满意"的好教师目标,实现了从"乡村教师"到"骨干教师"的蜕变!人和小学这一方热土,助我修炼了教育教学第四重境界——做"晓艺善诱"之师。

漫步在人和小学的校园,我感慨万千:人小是我教育梦开始的地方,也是我不断成长的地方。人小成就了我,给了我勇气和力量,我也将继续与人小所有教育人一道,育人铸魂守初心,赓续前行谱新篇,以更加自信的步伐前进在人和小学高质量发展的新征程上。在学校百年华诞之际,请允许我诚挚地道一声:

"我爱您,百年人小"!

人 物 档 案

李梅,中共党员,高级教师,重庆两江新区人和小学校副校长。重庆市小学数学骨干教师,重庆市中小学优秀科技教育工作者,重庆高新区优秀教师,两江新区教学能手,两江新区最美工匠,两江新区优秀教育工作者。论文评比获市级及以上等级奖35项,发表论文12篇,获区市级教学竞赛奖励14次,获得重庆市2017年基础教育教学成果一等奖。

教育促人进步 让爱培育桃李

白驹过隙,似水流年,转眼间我已在教育领域耕耘三十余年。回望自己从教初期在人和小学的历程,我成长迅速,受益良多,至今难以忘怀。

—— 刘红梅

飞速成长的人生之路

2001年,在农村小学教学8年的我被调至人和小学工作。当时的办学条件很差,师资力量也十分匮乏,原本是英语专业的我,在人和小学身兼多职,担任小学英语和数学的教学工作。

初到人和小学,正值全国小学教育普及英语,各地积极开展学科赛课活动、教师英语演讲比赛等。在周围老师的鼓励下,我也报名参加了。比赛当天,站在台上的我虽内心忐忑,但看见领导、同事们都自发前来为我加油鼓气,我顿时充满了信心,最终在教师英语演讲、赛课比赛中获得一等奖。

在人和小学,我完成了我学历和政治面貌的提升。2001年我通过成人高考获得本科学历,三年后在两位人和教师的推荐下,我成为一名光荣的中共党员。在人和小学工作学习的六年里,我不断从各个方面提升自己,其中少不了学校对我的帮助以及同事给予我的关怀。

学校十分重视教师们的专业发展,上课期间,校领导常常会在学校里对每个教室的课堂情况进行巡查监督。我的同事们也常常对我的工作表示大力支持。其中,罗萍老师像姐姐一样给予我关怀,无论是工作上还是生活上的困难,她都会主动帮忙解决。如今,我从一名农村教师蜕变为市级骨干教师,人和小学也从农村学校转变为城市学校,我和人和小学都在飞速成长。

和谐温暖的教学之路

"和谐"不仅仅是人和小学长期贯彻的办学理念的内容,也是我对这个"家庭"最大的感受。

来到人和小学,我遇到的第一个难题便是住宿问题。人和小学领导在了解到我的实际情况后,便分出一间废弃的教师办公室作为我的临时宿舍,解决了我和我整个家庭的住宿问题。直到2003年我买了房才搬出人和小学。在此期间,学校领导和老师在生活上都给了我莫大的关心和帮助，如今回想起那段时光，我依旧十分感动。

除此之外，相较于农村小学一个办公室只有三四个教师的规模，人和小学一个办公室就有十多个人。当时，我所在办公室几乎每周都会组织一次简单的团建活动，有时是简简单单的聚餐、聊天，有时是为工作上的困难共同出谋划策。即便我因工作调动离开了人和小学，我们依旧保持着紧密的联系。

让我难以忘怀的除了同事还有我在人和小学的学生们。他们毕业后常常自发组织到学校来看望我，有一次他们每人都带着一条红领巾，兴致勃勃地坐在教室里，让我站在讲台上授课，重温在人和小学上课的场景。看着早已长大的孩子们，重温着当年的场景，我的心中感到无比的温暖和幸福。

2007年，我从人和小学调至天宫殿学校担任教科室主任，后担任副校长。但在人和小学的这六年经历让我受益良多，促使我不断进步。人和小学"人人进步，和谐发展"的办学理念也对我影响颇深，在天宫殿学校，我为教师们营造和谐的工作氛围，促进学生、老师、学校多方面成长和发展。往事难忘，未来路长，我将继续在教育岗位上发挥余热，和学生、教师、学校一起不断进步，奔赴未来。

人 物 档 案

刘红梅，中共党员，高级教师，重庆两江新区天宫殿学校副校长，重庆市初中英语骨干教师，国家教学名师推荐候选人。曾先后主持或主研2个国家级课题，13个市级课题，研究成果获重庆市教学成果二等奖1项，科研成果获市区级一等奖、二等奖、三等奖共4项，研究论文在国家级刊物发表28余篇，其中在全国中文核心期刊发表4篇，出版研究专著2本，多篇文章被《中国教育报》《光明网》等报刊媒体引用。

轻抚岁月年轮
将人小写进生命乐章

音乐，是我的挚爱。我用一生写一支生命乐章，而这篇乐章的三分之一都与人和小学有关。从1987年的青涩少年到2015年的成熟教师，翻看我与人小的历史相册，回忆涌上心头，笑容爬上面容。

—— 龙长江

在人小
做一只快乐且充实的"小白鸽"

作为一名音乐教师，我希望所行之处皆飞舞着跳动的音符，那是人类对这个世界的另一种注脚。在我的课堂上，每一个孩子都是小音乐家，他们时刻让我感受到生命的鲜活和灵动，带给我无尽的灵感。

每天，我都盼望着和孩子们在课堂上相遇，我带着他们认识一个个音符，哼唱一段又一段旋律，排练一个又一个节目。就这样，我们学校的音乐教学很快在区域里传开了，大家都知道人和小学的孩子歌唱得棒，舞跳得美。每次区里的调研或是音乐类比赛，总能看到人小孩子的身影。

可他们不知道的是，这一句句夸奖、一座座奖杯的背后凝结了孩子们多少的心血。那个年代的孩子，艺术启蒙都比较晚，基础薄弱，只能靠着满腔热爱不断练习。记得排练音乐舞蹈《小白鸽》时，孩子们一有空就拉着我排练，课间休息练、午休练、放学回家练……终于，凭借着这股韧劲，我们的舞蹈《小白鸽》被选上去参加渝北区调研，获得了现场观众的一致好评。

后来，我们在区里的大小音乐类比赛中崭露头角，获得了一个又一个一等奖，捧回了一座又一座沉甸甸的奖杯。而我本人，也凭借着不断积累的教学经验和出色的成绩，破格晋升为小学高级教师。如今回想起来，那段成天和孩子们待在一起排练的日子好像就在昨天，我们像一群快乐且充实的"小白鸽"，尽情地在音乐的世界翱翔。

在人小
做一个进取且丰富的"教育人"

在人和小学的日子很苦,破旧的土房,凹凸不平的操场,泥泞的道路,一到下雨天,随处可见的"泥人"……

在人和小学校的日子很甜,老师潜心教书,学生专心学习。学校开展活动时,隔壁农家小院墙洞里钻出的牛头时常惹得孩子们捧腹大笑,我也常常打趣道:"孩子们,你们的表演真'牛'呀!"

大家就这样携手走过了人生路上的风风雨雨,在人和小学校28年,忘不了,是她给了我舞台和机会,让我从三级教师升级为二级教师,再破格晋升为高级教师;忘不了,是她让我收获了无数知心好友,直至今日,我还会时常回去和他们切磋球技,闲聊家常;忘不了,是她让我有幸学习历任校长的治学之道,感受他们的教育情怀。

记得李传元校长到任时已是五十八九的年龄了,但他老骥伏枥,顶住多方压力为学校教师修建教师宿舍;周荣校长在任时,将村小和中心校的建设融为一体,努力提升区域办学环境和条件;肖建新校长十分重视文化的外宣和外显,人和小学90周年校庆时,他带领全校师生深挖学校历史,建设校史馆。如今的杨敏校长就是在人和小学成长起来的,在两江新区多所学校学习后又回到了人和小学,爱读书、擅思考、有魄力。看到这些校长在人和小学这方热土上不断开拓、耕耘,我内心不由得感叹,一个好校长就是一所好学校,一所好学校成就一个好校长。

雄关漫道真如铁,而今迈步从头越。回忆起在人和小学教书育人的这些年,曾经那些觉得难以跨越、克服的困难如今都已成为过往云烟,而那些快乐的、美好的人和事却变得鲜活、明亮了起来。我想,大致是因为与人小的情和缘在我的生命乐章里是没有休止符的。

人物档案

龙长江,中共党员,重庆两江新区康庄美地小学党支部副书记,中学高级教师。1987年7月到人和小学任教,担任数学和音乐学科教学。2003年担任人和小学德育主任,2013年到万州熊家小学支教,挂职副校长。论文获全国、市级一等奖,主研课题获得市级、区级奖励,先后获得"北部新区优秀德育工作者""两江新区优秀教育工作者""感动竹林十大人物"等荣誉。

根植教育沃土
书写育人新篇

时光如梭，如今我已在教育行业工作二十八载，前前后后在五所学校工作过。在这五所学校中发生的每一件事我都历历在目，记忆犹新。而曾在人和小学的7年工作经历，更是对我的教育生涯起到了重要影响，也正是这些经历的存在，让我不断从中汲取力量、思考、进步，书写育人的新篇章。

—— 肖 洵

关怀暖人心　艰苦不言弃

2000年8月，我调至人和小学下辖的一所农村小学——大坡小学任教，并担任主任教师，成为这所农村小学的负责人。

在那样一个交通不发达的年代，我所在的大坡小学又是人和小学下辖最为偏远的一所学校，每天需要走一个多小时的山路才能到达学校。学校设施条件极为简陋，没有可直接饮用的水源，没有宿舍，教师们中午只能趴在办公桌上短暂休息。每到下雨天，操场便成了坑坑洼洼的泥地，教师和学生走路十分容易摔倒，更别提保障日常的体育锻炼了。

当时，人和小学的周荣校长来校视察，了解到校内的艰苦条件后，便开始着手为我们改善教学环境。首先是投入资金改造操场，将坑坑洼洼的泥地填平并做了硬化处理，配备了篮球架、乒乓球台，消除安全隐患的同时也让学生们有了锻炼身体的地方。领导们还为学校打了一口深井并配备抽水泵，看着一股股清澈冷冽的地下水从水泵里流出，教师们的内心倍感温暖。除此之外，周荣校长还向人和镇政府申请专项资金帮助我们修建教师宿舍，为我们的工作、生活提供了极大的便利。

即便农村小学的教学条件十分艰苦，但我从未曾想过放弃教育事业，校长、领导们频繁的关怀和帮助也让我牢记至今。

情系教育　工作严谨

2003年，我结束了在大坡小学的工作，来到了人和小学，主要从事教务工作和一个班级的数学教学。那时的我无法承担每月的租房费用，周荣校长得知这一情况后，便调配出一间空余的办公室供我临时居住,直至我后来有能力解决自己的住房问题时,才搬离那个小房间。

一直以来,周荣校长对待教师们如同亲弟弟、亲妹妹一般,毫无高高在上的模样,十分平易近人。在他的带领下,无论人和小学哪位教职工有工作或生活上的困难,其他人都会毫不犹豫地伸出援手,整个学校充满了人文关怀。在这样一个温暖的大家庭里,同事们也十分积极团结,不会因为谁干得多,谁干得少的问题而斤斤计较,产生冲突和矛盾。

虽然生活里平易近人,但在工作上,周荣校长该鼓励就鼓励,该批评就批评,从不会对任何人降低标准和要求,对待工作认真严谨,公私分明。解决问题时,他带着我们理清思路,规划好步骤,实施过程中严格要求教师们落到实处,并且会定期进行巡查监督。这也深深影响了我的工作方式和工作作风。对待教师,我如家人一般关怀照顾;对待工作,我严谨认真,一丝不苟。

如今,人和小学即将迎来百年华诞,曾经与人和小学领导、教师团队的深厚情感以及周荣校长公私分明、认真严谨的工作作风,就如同一盏海上的灯塔,即便时隔多年,也一直照耀着我的人生,潜移默化地影响着我的人生方向。我也将在这片广阔的教育海域上,继续同教师、学生们一起书写未来的新篇章。

人 物 档 案

肖洵,中共党员,重庆两江新区人和实验学校党总支副书记,高级教师。2000年8月至2003年8月在原渝北区人和中心校(现重庆两江新区人和小学)下属的大坡村小学任主任教师,负责全校的管理工作。2003年8月至2007年8月在原渝北区人和中心校任教,先后担任教导处职员、办公室主任,任数学教学工作。

十四载星月相伴
——与人和后勤的故事

清晨起来，我迎接着第一缕阳光；天色渐晚，我陪伴着最后一抹晚霞。离开人和小学校已经整整15年了，但在食堂工作的日子，烹饪过的每一道菜，值过的每一场班都让我记忆犹新。

—— 江礼平

条件艰苦
要让孩子吃得开心

1993年，我来到人和小学校担任学校伙食团团长一职，开启了我在人小14年的后勤之旅。那时候的人和小学校还是一所农村学校，学校四周都是农田，教学楼和食堂也都是泥土建成的。学校不大，仅我和另外一名工作人员一起负责学校的伙食。

当时大部分学生中午是回家吃饭，我们的炊事工作也相对比较简单，一是因为大多都是农村孩子，家离学校不远，回家吃饭也比较方便。二是因为当时的饭菜一元一顿，对于那个时候的家庭来讲，只有少数孩子能够吃得上。

过去物质条件比不上现在，菜品一年到头也是老几样，肉类更别奢望。但让我记忆特别深刻的是，我在给孩子们盛饭时，孩子们总能把碗中的一食一羹吃得干干净净，看着孩子能在饭点吃上饱饱的一餐，我也十分开心。

2000年时，大批家长进城务工，很多学生成了"散养"状态，无人照料，中午回家吃饭成了一大难题，于是学校实行了统一缴费制，鼓励学生在校就餐。越来越多的学生在校吃饭，意味着我们的食堂工作将面临更大的挑战。

面对这份挑战，我从未感到过畏惧，因为我坚信：孩子们满意的就餐是我最大的幸福！后来，我们将食堂工作人员由两人增加到七人，原来的素餐饭变为了两荤两素。担心食堂饭菜不合口味，我便进行细致地调研，推出不同特色的菜肴品种，并每隔几天调换新的花样；担心市场物价上涨导致食堂饭菜价格变高，我便千方百计地降低成本，奔波于各采购点和学校之间，让学生们吃得开心，吃得满意。

物质充足
要让孩子吃得放心

俗话说:"民以食为天,食以安为先",随着物质条件的改善,孩子们的饮食也更加多样化,作为学校食堂管理负责人,"舌尖安全"的重任也自然落在了我的肩上。

食品安全不仅关乎着学生的生命健康,更关乎着一个家庭的幸福与美满。在人和小学工作时,我常常5点起床,早早来到学校,食品的采购、贮存、加工,食品容器的清洗、消毒,这里的每一个环节都容不得马虎;这里的每一道工序,我都要去严格把关;这里的每一个菜品,我要亲自去品尝,坚持提高大家的食品安全卫生意识。

时代在进步,理念也在进步,人和小学校早期的封闭式厨房也已经转变为透明厨房,实行"开厨亮灶"制度,随时接受着食品安全局、街道、社区、家长的检验,努力为师生营造一个良好、和谐的饮食环境。

不仅如此,食堂实行科学配餐,营养均衡,使饭菜符合健康营养、可口卫生的要求,并合理安排每天的餐饮种类,让师生们吃得舒心、吃得放心,以更加饱满的精力和热情投入到工作和学习之中。我曾经和食堂的同事们感叹道:现在条件好了,孩子不再担心吃不饱了,而是关心是否吃得好了,能见证祖国的花朵们在这样的环境下茁壮成长,也不负我们的辛勤付出了。

岁月如光,转眼即逝,在人和小学校经历的点点滴滴,至今清晰在眼前。如今,百年人小,欣逢盛世,愿迎时而上,勇创佳绩!

人 物 档 案

江礼平,原人和小学食堂工人。1987年7月在原江北县人和双碑学校参加工作,1993年7月调入人和中心校工作,2007年7月调到重庆两江新区天宫殿学校工作。

栉风沐雨四十载
文体双修育新人

"有一分热,便发一分光。"在人和小学的二十载岁月里,我愿意以个人萤火微光般的特长,点亮每一位人小学子的文体梦想。

—— 艾万明

二十载从教沉淀
开启人小文体新序章

1959年,我考上了凉山民族师范学校。毕业后我选择在凉山彝族自治州的山区小学开启了我的教育生涯,一待便是二十个春秋。凉山艰苦的自然环境自是不必多说,但最艰难的还属当地落后的教育条件。当时村子里的学校只有我一个负责人,我既承担着学科老师的责任,还扮演着生活老师,甚至是校长的角色。学校的学生也只有几个人,而这为数不多的几名学生还分属不同的年级,更加大了我授课的难度。

然而回望扎根凉山二十余年的岁月,我内心满是感谢。这段日子虽然清苦,但我的教学能力也因此得到了极大的锻炼与提升。1979年,在组织的安排下,我调回了我的家乡重庆继续任教,就此开启了与人和小学故事的序章。

当年的人和小学还位于段家公馆,校园环境与现在比起来可谓是天壤之别。当时我来到这所学校时,教室是土墙垒起来的,运动场、篮球场也是泥土地,一到下雨天完全不能使用。所以当我看到现在人和小学的变化时,由衷地感到欣慰、高兴。

刚调回人和小学的时候,学校交给我一个毕业班的教学任务。于是我充分发挥自己在文艺和体育方面的特长,给孩子们编排了许多节目。也许是凉山20年任教经历的沉淀,那里少数民族居多,人们能歌善舞,最爱用歌舞表达自己的情感。受他们的影响,我对音乐、舞蹈的编排也有了许多独到的理解。

记得当时我给学校编排了一支舞蹈——《上学路上》,讲述了一群同学帮助逃学的后进生重回课堂的故事。在这一支舞蹈中,我融入了彝族歌舞元素,服饰也采用了彝族的传统服装,在舞蹈动作中还加入了艺术体操中的前空翻后空翻等动作,难度极大。但令我感动的是,同学们没有因此而退缩,参与热情空前高涨,甚至利用周末的时间来到学校苦练基本功。最终,我们在江北县的演出中获得了特等奖。

就这样,我用原创编导的体育舞蹈,吸引到更多的孩子参与体育运动,带领他们为学校获得了许多荣誉,那是我人生中感到最骄傲的时刻。

二十载退休光阴
延续人小教师风采

在人和小学带领学生在文艺、体育的道路上不停发展的劲头也延伸到了我的退休生活中。从学校退休后,我并没有选择整日在家中静坐,而是走出家门,动起来。

我们这一群退休教师一拍即合,闲暇时聚在一起编排体育舞蹈,不仅丰富了退休生活,还有效锻炼了身体。渐渐地,我们的队伍越来越壮大,从最初的十来人,逐渐变成几十人,人员组成也从"清一色"的人和小学退休教师扩展到排练场所附近的居民。

因为一支舞蹈,让原本并不认识的人变得熟络的感觉实在太奇妙了,它让我知道即使在人生的任何阶段,我们都可以从"新"开始。谁能想到我们这一群退休老人还能跳起儿童的舞蹈呢?可事实是,我们一起编排的《儿歌联唱》节目获得了重庆市高新区比赛第一名。每当看到大家为了一个动作反复推敲,全力展示,往日在人和小学工作、教学的场景又浮现在眼前。

在某种程度上,舞蹈也是我寄托对人和小学情感的载体。每当跳动的时候,仿佛又回到了在人和小学的土操场上编排舞蹈的日子,投入,沉浸,痴迷……如今我虽已退休二十余载,但只要我舞动一天,我与人和小学的故事便仍在继续。

人 物 档 案

艾万明,人和小学退休教师,原任教于凉山彝族自治州。艾老师充分利用地域民族文化特色,创建了人和小学彝族歌舞特色舞蹈社团,编排多个经典特色节目。

用爱托起美好生活新希望

32年前,怀着美好的憧憬和满腔的热情,我敲开了人和小学的大门,映入眼帘的是孩子们天真灿烂的笑脸。老师们牵着我的手带我加入了人和小学这个温暖的大家庭。

—— 段仁芝

暖心援助
照亮我人生的至暗时刻

调任人和小学之初,我内心十分高兴,想着和家人的距离近了,相互陪伴的时间就多了。可没想到上天给了我当头一棒,上初三的儿子在运动会上突感身体不适,回到家不停地咳嗽,送往医院检查后医生确诊为心脏病。

医生问我是选择做手术还是保守治疗,我担心手术过程中出现意外想选择保守治疗,可儿子想要彻底好起来,坚持选择做手术。得知这个消息后,时任人和小学的校长李传元组织全校师生为我捐款,即使在那样艰苦的生活条件下,大家还是慷慨解囊,尽自己最大能力帮助我。

我至今仍记得当时李传元校长将那厚厚的一沓钱交给我时,我的手止不住地颤抖,一共495块一毛三,在那个年代,这无疑是一笔"巨款"。我知道,这是大家对我最深厚的情谊。

后来,我儿子的心脏手术失败,一天之内医生连下好几道病危通知书,一个鲜活的生命就这样永远地离开了我,仿佛也带走了我的灵魂。那段时间,我茶不思饭不想,每天以泪洗面。学校领导常常到我家里来看望、开导我,他们特许我休息一段时间再回学校上课,老师们也会轮流来和我说说话,分散我的注意力。

为了让我休息得更好,学校黄小平老师将自己空着的教师宿舍让给我住。就这样过了一段时间,我虽难以接受儿子离开的现实,但也开始尝试回到之前的生活轨道上。

在大家的关怀下,我逐渐释怀了,虽然失去了孩子,但仍有这么多人在爱着我,我也应该向前走,拥抱新的生活。于是我又回到了课堂上,把这些孩子当作自己的孩子一样教导、关怀。看见这些孩子和领导同事们就仿佛看到了生命的希望,照亮了我人生的至暗时刻。

并肩前行
丰富我退休后的闲暇时光

就这样,我在人和小学走过了教育生涯的最后阶段。这期间,孩子们治愈了我失子的伤痛,同事们陪伴我不断提升自己的教学水平,领导们为我提供实现人生价值的舞台,一切都在向着好的方向发展。

退休后,我们也没闲下来。所有退休老师都加入学校的退休教师协会,定期开展主题活动、外出游玩,学校也会邀请我们回学校看看,开座谈会。我们仿佛从未离开过一般,生活充实且有趣。

一次学校组织退休教师到遵义进行党史学习,看着遵义如今的变化,我欣喜不已,这和当初第一次来时的闭塞、落后大不相同,所有的基础设施不断完善,人民生活越来越幸福。

退休多年,退协组织学校退休教师先后前往西安、香港、新疆等地游玩。过程中大家互帮互助,搀扶着年岁较大的老师,很多时候,大家不像同事,更像是家人。

如今,我的心态愈发豁达,真正懂得了如何享受生活,让平淡的退休生活过得丰富多彩。无论时光过去多久,记忆如何衰退,我都会永远记得在人小有一束光和无数双温暖的手,托起了我对美好生活的新希望。

人 物 档 案

段仁芝,原人和小学教师。任教以来,段老师一直坚持在教育一线,不断探索和钻研个性化自主性学习方法,提高学生学习效率。

这位教师与众不同

两江环抱,青山叠翠;百年芳华,弦歌不辍。时光虽容不下任何岁月的静止,但总有一些东西不会随着年华流逝而变淡;总有一些东西一如既往,在时间的打磨下变得更加闪亮。

—— 苏万蕙

杨敏老师——就是百年人小历史尘埃中的一颗沙粒,历久而弥新……即便在我退休近10余年,闲暇之余,每每想起,都记忆犹新。

生动教学　幽默育人
数学教师人格有魅力

依稀记得1996年9月,我所在的龙坝村小学因开发占地,拆迁合并到人和镇中心校。学校安排了一位年轻貌美的女教师与我搭档,我教语文她教数学。

由于对这位老师不熟悉,怕学生不适应,所以在她上第一节课时,我悄悄地来到教室外,只听她用一口纯正、流利的普通话向同学们自我介绍起来:"我姓杨,叫杨敏。大家上课要认真……下课后我们是朋友,跟我说说笑笑,或者打打闹闹,甚至吵上一架都没关系。我喜爱书法,若有兴趣者,课余我还可以给你指点指点'迷津'……"

开门见山、与众不同是杨老师给我的第一印象。年轻的她讲课十分生动,通俗易懂。她讲课还时不时说点笑话,十分幽默,使学生永远难忘她讲的知识。

有一次,杨老师给同学们讲解"比的基本性质"时说:"比后项不能为零。"顿了顿又说:"那在体育比赛中,如足球比赛,为什么会出现'1∶0'和'2∶0'之类的比分呢?"同学们都茫然不知所措,你看我,我望你,都希望从对方的目光中找到答案。

杨老师接着又说:"咦,比的后项不能为零,那不是有一方不准进球了吗? 当然不是! 一个是数学基本性质的'比',它的含义是不同的,二者不能混淆。有道是'人走阳光道,狗走独木桥。'你走你的,我走我的互不相干嘛!"话还没有说完,全班同学都哄堂大笑起来。

说归说,笑归笑,这样一来,同学们可把这比的基本性质记得牢牢的了。这样的课堂教学,既让学生懂得了知识,又改善了课堂气氛,又让学生学得生动活泼。

劳逸结合 悉心指导
数学老师教学有奇招

杨老师不仅幽默,还很注意劳逸结合。一次,杨老师外出听课,我代她的课,我就把她的数学课全部用来上语文课。一天下来同学们收效甚微,自己也叫苦不迭。

不久我外出听课,杨老师帮我代课。我担心她也像我一样,全天上数学课。谁知,她跟我可不一样。她宣布:前两节上数学课,后两节开展活动。同学们一听全都"沸腾"了,大家欢呼雀跃,大呼万岁。前两节数学课,同学们都学得十分认真。后两节课在杨老师的带领下,开展数学竞猜活动。大家情绪高涨,轻松愉快,使这两节课所学的知识得到了巩固和提高。

杨老师写得一手流利的粉笔和钢笔字,她的大字写得更是一流。她充分利用课余时间,免费为班上字写得差的同学进行辅导。我班的李春同学,在她悉心地指点、帮助下,进步很大,他的书法作品《振兴中华》被选送到区里参展并获得三等奖。

时间带走了光阴的故事,却留下了岁月,岁月显情怀。时光荏苒,像杨敏老师这样的优秀老师,为百年人小营造了浓厚的育人氛围,积蓄了发展的力量。如今的她,作为校长又再次回到人和小学,必将带领人和小学实现新的百年跨越!

祝愿百年人小再铸新辉煌。

人物档案 苏万惠,原人和小学教师。对苏老师而言,教育是一场温柔与爱的交织,她用微亮的光,照亮学生前行的路途;她用高度的责任心,赢得学生和家长深深的信赖。

爱之耕耘

AI ZHI GENGYUN

　　一方书桌,他们匠心育人;三尺讲台,他们筑梦芳华。在"天地人和,人人进步"办学理念的熏陶下,人小师者坚持"和悦善诱,人人求精"的教风,用心教书,用爱育人,用情铸魂,深耕教育沃土,赓续百年初心,担当育人使命。他们如春蚕吐丝,织就学子的锦绣前程;他们如烛光摇曳,照亮学子归家的路。

比赛中成长

"艾老师，你去参加区里组织的班主任基本功竞赛！"人和小学操场旁边，茂盛的榕树，叶片在阳光下闪闪发光，树枝随风摇曳，婀娜多姿。德育处邹敏老师看着我，语气轻柔得如同流淌的溪水，笑容如同微绽的桃花。

—— 艾大玲

"那怎么行，我都快四十岁了，怎么和二十多岁的年轻人比？"我转过身，盯着她，摆摆手，迅速反应。早就有同事在谈论，这个比赛，其他学校基本上是入职五年左右的年轻老师参加。我的年龄绝对不占优势，比赛结果脚趾头都能猜中。

龙长江主任走过来："艾老师，没问题的，你和我相比的话，还算年轻。"一句话，逗得大家都笑了起来。李梅副校长刚好路过，亲昵地拍了拍我的肩膀："去试试，有点准备时间，大玲，敢不敢？"

见我迟疑了一下，邹敏老师哈哈一笑："想去挑战？艾老师，就这么定了哦！"

于是，我找来了比赛文件，打开一看，吓一跳，这个比赛竟然包括四项内容：我的教育小故事、闭卷考试、班主任管理观演讲及答辩、才艺表演。这哪里是一个比赛，明明是四个！我在心里叫苦不迭，距离我上次参加闭卷考试，已有十多年之久，听说题型还有填空类，那必须一字不差呀。怎么办？最难的是才艺表演，想唱歌吧，好像从小就没怎么唱过，跳舞吧，我这年龄这身段恐怕会让观众笑场。怎么办？

李梅副校长听说我遇到难题，非常重视，亲自找到我的办公室："大玲，不用担心，学校会全力支持和帮助你，给你创立帮助团队。才艺有困难，就让杨杰老师帮帮你。"我欣喜若狂，顿时感觉领导贴心。

从此，我就像牛皮糖一样粘上了杨杰，直到如今也是特别感谢这个漂亮又有才的妹妹。她帮我分析，一个人三分钟能展示什么才艺呢？唱歌，我声音条件不够；朗诵，好像老师们都会，不能出彩；跳舞，动作僵硬……我们俩多次磋商，最后定下表演话剧，有音乐背景，有角色对话，有简单舞蹈动作，主题就是表演老师爱学生。

每天,我们俩调课,空时约在一起,录童声、听音乐、编动作、找图片。一个动作,她教我一遍三遍五遍;关于音乐,改了又改;图片,不行就换,精挑细选,精益求精。多少个早上,多少个中午,多少个下午,杨杰总是和我在一起,反复编排,时有更新,反复训练。功夫不负有心人,几周之后,我的话剧成型,那份欣喜从我们两人的脸上荡漾开来。

比赛时间到了,上午闭卷考试,我走进考场,似乎又回到当年学生时代,屏息凝神,一鼓作气,把卷子写得满满当当,放笔交卷之时,很顺利,刚刚好。接着交2000字的教育小故事,还有演讲答辩。

最让我忐忑的才艺表演来了,杨杰看出了我的紧张:"艾老师,加油!"她帮我整理衣领,补了补脸上的妆容,"我们练了这么久,可以的。"一股暖流涌入心头,这么好的妹妹,全身心帮助,我还有理由不安心吗?听着音乐,按照事先排练,我进入舞台,一阵热烈的掌声响起,哈哈,原来学校领导非常重视,安排了豪华的啦啦队来助力。我平静下来,进入角色,尽管中途音响效果不是太好,但我一点也不慌张,行云流水,表演结束。台下又一次响起热烈的掌声,人和小学的同事们为我竖起了大拇指。

几天之后,我和杨杰正站在操场边上聊那天激烈的比赛,李梅校长笑吟吟地走过来:"大玲,班主任基本功比赛结果出来了,不错,第四名,二等奖的第一个。你是所有参赛老师中年龄最大的,已经很不错了。"我和杨杰相视一笑,拍起掌来。校园榕树的叶子在清晨的阳光的照射下似乎更鲜亮,微风中,好像有小精灵在叶片中跳动……

感谢人小的领导,感谢人小的同事,感谢杨杰老师,在这个大家庭里,我成长了许多。

人 物 档 案

艾大玲,1994年开始长期担任语文教学和班主任工作。曾获"两江新区优秀教师""校级骨干教师""骨干班主任"等荣誉。积极参加教育活动,曾有多篇论文获奖。

我与人小的故事——温暖

那是1999年,我师范毕业,分配到了人和中心校的一个村小——天宫殿小学。看到杂草丛生的操场,石头、泥土加木板的几座矮房子围成的一个学校,我顿时一阵酸楚。遇到雨天就更糟糕,厕所在操场最边上的一个角落里,所有人都得穿上筒靴去,要不然,泥土就会沾满你的鞋子和裤子,回到教室就像是到田里捉了泥鳅一般。每当这个时候,学校的男老师,还有姜老师的父亲,就会去搬一些石块和砖头,一直铺满教室和厕所之间的小路,解决了老师和同学们上厕所时的困难。这很不起眼的一块块小小石板和砖块,让我酸楚的心里顿时有着暖暖的感动,那就是温暖!

—— 白伦菊

2000年,我来到人和中心校。"妹儿,这里来坐。"一个50多岁的阿姨慈祥地说,并递过来一个木板凳。"还有一会儿开教师会呢,就在这里歇歇脚吧!对了,吃午饭没有,我帮你打点饭菜?"接着又是一阵温暖的话语进入我的耳朵。"谢谢阿姨,我吃了的。"在我迷茫该如何跟阿姨交谈时,她接着又说:"这里是食堂,旁边就是人和小学的大门,老师和同学们上学、放学、开会这些都是从这边进去,尤其是村小的老师来开会,走累了,大多数都要在这里歇口气。"紧接着她又递过来一杯温开水。这使我一个刚到人和小学教书的小姑娘倍感温暖。这是谁呢?后来才听老师们说,她是龙老师的母亲。老师们的父母都如此热情,善待他人,更何况是人和小学的老师呢。我想这就是学高为师、身正为范的人和小学老师吧。这就是温暖!

记得我在人和小学教书的第16年,我怀上了二娃。虽然还不算高龄,但对于体重只有90斤的我,全家人还是担心不已。终究还是发生了"小插曲",还清晰地记得那是教师节后的第二天,我在上课的时候,突然就晕倒了。当时全班学生都紧张了起来,身边的同学有的拉我,有的跑去告诉另外的老师,前后左右的同学都关切地问着我的情况。当时隐隐约约看到孩子们无力的神情,很多同学的眼睛都红了,都担心我的身体情况。在学校老师和同学们的帮助下,及时通知了我的家人,并将我送到了医院。在后来我住院的日子里,学校的领导们、老师们、同学们,还有家长们,我都能体会到他们对我的那份关心和关爱。当时我在想,不管学校的任何一个人出现了这种状况,大家都是一样的,相亲相爱。这不正是在人和小学老师中、班级里、同学间、家长间的温暖吗?这样的温暖,感染了我的内心,我也为有这样的一个优秀集体而骄傲。人小的校园生活因此提升了"温度"。

确实啊,温暖无处不在。在人和小学校园里有各色各样的温暖,如果要一一列出来恐怕用字数来说就是个天文数字吧。我们的校园还有许多感动的事,我们的人小一直都是那么的温暖。

人物档案

白伦菊,中共党员,重庆两江新区人和小学校学生成长中心主任,中小学一级教师,两江新区数学骨干教师,重庆市优秀少先队辅导员。曾获重庆市中小学公共安全教育现场优质课大赛一等奖,重庆市教学成果一等奖,"重庆市我最喜欢的班主任""两江新区职业道德标兵""两江新区校园安全工作先进个人"等荣誉称号。撰写的多篇论文获国家级、市级、区级奖项。

我与人和小学的故事

　　我是西藏昌都市类乌齐县的一名乡村教师,出生于一个普通的牧民家庭,迄今为止很少出过藏。唯一的一次是2020年9月至2021年6月19日,我有幸参加了重庆第二师范学院援藏骨干教师及教育管理干部"组团式"培训。这是我人生第一次来到这个年轻而又充满活力的直辖市——重庆。我的心里既激动又害怕,但更多的是担心……但到了重庆两江新区的人和小学校,才知道我的"担心"是多余的,生活在这个学校里真有一种温馨胜家的感觉。

—— 白玛央金

　　我虽然远道而来,但并没有陌生感。因为上至校领导,下至门卫师傅,每个人都洋溢着亲切的笑脸。杨敏校长百忙中挤出时间和我促膝谈心,如春风、如细雨,沁人心脾;负责跟岗工作的指导老师和蔼可亲,安排周到细致。虽然他们每天事务繁忙,却总也不忘对我的关爱、问候;各位科任老师对我也很热情,尽心尽力帮助我,无私分享他们的教育教学经验,他们的热情指导和谆谆教诲以及生活上无微不至的关照……使我心无旁骛地投身于学习中。

　　在人和小学的美丽校园里,随时都有感动的人和事涌现,令我印象最深的是我的指导老师——李梅副校长。我在人和小学的这一年里,她真的是把我当作自己的孩子一样严格要求,比如每天让我读多少页书,写多少读书笔记,在电脑上练习打多少字。许多时候她都是最后一个离开学校办公室的。李老师为了让我开阔眼界,还带我观摩了人和小学及其周边学校优秀教师的课,并让我上三年级的综合实践课。

　　这次跟岗学习让我开阔了眼界,无论是观摩上课,互动评课,还是实践锻炼,每一次的学习都带给我思想上的洗礼、心灵的震撼。在学校上实践课期间,李老师全程跟我一起研讨教学思路,并提了很多意见及建议。在生活上,李老师像妈妈一样,无微不至地照顾我。正是李梅老师始终鼎力帮助,使我缩短了理论与实践的差距,掌握了一些教学方法,增强了教学技能。李老师的言传身教深深地感动着我,对我影响深刻。回到西藏后,在教书育人的实践中,我自觉按照李老师的要求,严格规范自己的教育行为,积极参与学校的教研活动和公益活动,比如参加校级演讲比赛和县级赛课等竞赛活动,我都取得了较好的成绩,并获得了相应的奖励等级和荣誉:"优秀老师""数学赛课三等奖"等。这也证明了"一分耕耘,一分收获"的道理。更重要的是,我也将李梅老师的谦逊精神化为自觉行动,并未因此而骄傲,更多的是感到一种责任和使命,促使自己不断努力。

在人和小学我遇到的第二位贵人是书法老师罗婷婷,她在完成自己的教学任务后,还不忘教我练字。当时她已有身孕,但罗老师仍不厌其烦地、细声细语地指导和陪伴我进行书法练习。罗老师还说:"练字能磨练一个人的耐力和心境,让人的精神集中,态度平和。人们常常说字如其人,如能练得一手好字,给人的印象就会不一样。另外,书法也是我国的一种源远流长的文化传统。"罗老师的话至今还犹言在耳。

在人和小学一学年的跟岗经历,在我教书育人的生涯中留下了不凡的一页,也是对我人生经历的一次极大丰富。我深切感受到了学校领导的亲切关怀和指导老师的真诚帮助,体会到了领导和老师们对我寄予的厚望,更让我震撼的是贵校老师们真正在用教育情怀,用大爱精神做教育,撑起了学校教育的大厦,而且这个过程是温馨和谐的。人和小学的和善给了我欣慰和喜悦,人和小学的和美给了我前进的意志和动力。

最后请允许我套用著名作家魏巍的一句话来形容人和小学的同仁们——他们是校园里"最可爱的人"!

人物档案 白玛央金,重庆两江新区人和小学校跟岗教师。毕业于拉萨师范高等专科学校信息技术系现代教育专业,在昌都市类乌齐县长毛岭乡第二小学任教,2020年9月至2021年6月参加重庆第二师范学院援藏骨干教师及教育管理干部"组团式"培训,赴渝交流学习。曾获县级赛课三等奖。

陈老师的"百家饭"

"陈老师，我们班李孟源的手骨折了！"一个孩子着急地说道，"他现在在医务室……"没等他说完，我便急匆匆地跑出去找他。

刚走到半路，受伤的孩子居然回来了，我一脸诧异地问道："你怎么回来了？"只见他满头大汗，左手捂着受伤的手臂，面部难掩疼痛，低声说道："医务室没人，这次不关其他同学的事情，都是我的错误……"看着他受伤的手臂，我继续追问受伤的原因。

—— 陈 璐

"我们在踢足球，是我不小心摔到地上的……这不关别人的事情，都是我……"他低着头说道，眼神始终不敢看我。

"你先回座位坐着，我打电话问问医务老师！要不先吃点饭吧，你的手受伤了，我让同学喂你？"

"我不想吃，还不饿。"他说着便又低下头，默默地回到自己的座位。

同学们看着受伤的李孟源，教室里瞬间像炸开了锅，有的在讨论李孟源的伤势，有的说他肯定要被批评了……

正值午饭时间，我先安排值日生有秩序地给班上同学打饭。突然，李孟源哭了起来，声音越来越大。我走近他的身边，轻轻拍了拍肩，用坚定的眼神对他说："男孩子要勇敢，何况这次受伤是由于自己不小心导致的，男子汉更要坚强，勇敢面对。"安慰之余，我更担心他的伤势，于是我赶紧带着他再次来到医务室，恰巧校医刚好回来。他仔细检查一遍，发现问题不是很严重，但还是需要去医院确认是否需要打石膏固定手臂。随后，我立即通知家长送孩子到医院去做相关检查。

"待会去医院肯定要带口罩的，你有吗？你的书包我就让同学给你带回去，不用担心，好好去医院检查一下。"我关心地说。

他低着头，小声地说："没有，我只带了一个口罩，还弄丢了。"

"没事，我去给你拿一个，但下次要注意保管哟，平时也要多备几个放在书包里！"说着，我便急匆匆地跑向教室。

刚回到教室，同学们围上来，着急地询问我李孟源的情况。我只好安慰他们，说："没什么，只是要去医院检查一下。"大家悬着的心终于放下了。

"今天每个人都吃到饭菜了吗？吃到了你们最喜欢的糖醋排骨了吗？"大家齐声回答到："都吃了。"为了防止有孩子忘记吃饭，每次打完饭后，我都会再次确认孩子们的吃饭情况。我看着正在打饭的值日生，叮嘱她一定要保证自己也要吃到饭菜，不够的话要及时去食堂添。

这时一个孩子突然冒出来，关心地问我："陈老师，你吃饭没？"

"老师现在还有点事情，你能帮我打一下饭吗？"我一边慌忙地在医疗箱里找着口罩，一边说着。

"可是，好像已经没有糖醋排骨了。"一个孩子说道。

"没关系，给我打点饭就行了！"

"那我帮你去食堂问一下，还有没有……"话音未落，一个孩子自告奋勇地说着。"不用了，我……"还没等我开口说话，他就像一阵风似地跑了出去，一下子不见了踪影。

想着李孟源还在校门口等我，我便拿了一个口罩急匆匆地走了。在校门口，刚好和赶来的家长说明了孩子的情况，并叮嘱他好好检查，然后才放心地回到教室。

一回到教室，李宸昊失落地向我走来："陈老师，食堂没有糖醋排骨了，教室里也没剩下一点。"

我笑着安慰到："没关系的，老师不吃糖醋排骨也可以的！"

刚才还低落的李宸昊瞬间露出笑脸，拿着我的饭碗笑嘻嘻地对我说："你看看你的碗里有什么？"我打开一看，竟是满满的一碗糖醋排骨。

"陈老师，你知道吗？这是我们班每个同学从自己碗里夹出一块给你的哟！"他得意地说道，"有我的，有陈予乔的，我们一人一块排骨。"

说着，我的眼眶瞬间湿润了，哽咽着说道："傻孩子，既然你们爱吃，就多吃点，老师又不爱吃。"

我悄悄地把碗端到自己的办公室，吃着同学们给我的"百家饭"，看着碗里的排骨，回忆起刚刚孩子们的话，眼泪便不自觉地涌了出来。吃着冷冰冰的饭菜，但是我的心却是暖暖的。

人 物 档 案

陈璐，中共党员，重庆两江新区人和小学校教师，教育学硕士。2019年进入人和小学校，从事语文教学和班主任工作。温婉娴静的外表下有着滴水穿石的坚韧，睿智深邃的头脑里有着平淡从容的内质。春风化雨，务实求真，用心去教诲，用爱去培养。

和风细雨,润物无声

2017年夏,伴随蝉鸣我第一次走进人和小学。和许多小学一样,人小有着砖红色外墙的教学楼,绿茵茵的操场被茂盛的树木和红色跑道包围。不同的是,人小的大门是一本翻开的书卷,这里是知识的开端,我将在这里和陌生的园丁一起播种希望的种子,心中因这道门泛起涟漪!

—— 陈　婷

初来乍到,内心是茫然和紧张,但这所学校却那么温柔,如一阵和风化解了我心中所有的不安。办理入职时遇到很多不明白、手足无措的问题,但当时人事部刘东老师一直不厌其烦,耐心温和地给我解释、指路,帮助我解决了一个个问题,终于顺利入职。对于刚踏入社会不久、性格慢热的我来说,刘老师的耐心给了我极大的感动! 现在回想我来这所百年老校后的点点滴滴,领导们几乎都是如此的耐心和温和,这就是百年老校积淀出来的"和"文化啊!

作为年轻新教师,自己更是一名需要向身边教师不断学习的"学生",我被在人小的第一个年级团队给我的指引所感动:我的搭班赵梅老师、同年级班主任刘勇义老师、牟思平老师等。同年级班主任老师团结一心共同研讨如何处理班级事务,每每都会带上我这个小年轻。从她们身上我学会了如何树立班规,如何与家长沟通,如何布置班级文化,如何组织班级活动……赵老师作为一位妈妈总是在她的班级里及时关注孩子们的冷暖健康,"今天降温请孩子们多添衣""今天下雨请孩子们记得带伞"……不是妈妈的我总容易忽略这些小细节,于是学着在自己的班级于细节处关心我的学生们。

让我敬佩的还有后来我们班语文老师鄢运利,在这所百年老校里有许多像鄢老师这样即将退休的老教师,在他们身上更能看到百年老校的底蕴。鄢老师永远是第一个到班级守着孩子们早读、批改作业的人;鄢老师对孩子们很严格却很温柔,她更像孩子们的奶奶,无微不至地关心他们,教导他们;在我缺乏经验的班级管理中总是恰到好处地给我支招;在教室里见到最多的一定是她,批改作业、辅导学生,好像鄢老师从来不会累。在鄢老师身上,爱心、耐心、细心、责任、勤劳、坚韧等优秀品质始终感动和激励着我!

无论是班主任还是数学老师,我总是会遇到许多教学以外的困难,不过学校有一群可爱的人像百宝箱,为我们提供后勤保障。电脑坏了,呼叫刘老师! 投影故障,呼叫刘老师! 缺资少物，呼叫王老师……校园里满是他们忙碌的身影。而我们呼叫最多的可能是郎明友老师，郎老师是我们学校公认的劳模。停水停电找郎老师、桌椅凳子找郎老师、空调风扇找郎老师、杀虫消毒找郎老师、厕所堵塞找郎老师……好像遇到困难都可以找郎老师，无论刮风下雨、高温酷暑，郎老师永远都会笑眯眯地及时出现解决问题。他们默默付出、不计辛劳、不求回报，怎能不让人感动！

2022年，我来到这所百年老校只有五年，短短五年令我感动的故事不止这些，也细数不尽。百年来学校历经沧桑变幻，但初心不改，人和不变，人小"人人进步，和谐发展"的办学理念，"人化自然，和润于心"的思想在每位人小教师心里扎根，并付诸实践，培育祖国的栋梁之才，这不就是最大的感动吗！

校长总说我们年轻教师的到来为这所百年老校注入了新鲜血液。在人小这条仍不断延伸的路上，我们年轻一辈必将传承百年老校代代教师薪火相传的优秀品质，同时我们还将带着活力与激情继续开拓新疆土！

人 物 档 案

陈婷，中共党员，重庆两江新区人和小学校数学教研组长。先后获两江新区班主任基本功大赛全能赛二等奖，重庆两江新区教育系统"优秀共产党员"，第七届小学数学文化优质课网络大赛说课比赛全国一等奖，辅导学生多次在比赛中获得优异成绩。

让"无味"的试卷评讲变得"有味"

2002年，由于重庆北区的开发建设占地，我所在的柏林村小学不复存在，所有老师和学生都合并到人和小学，从那以后，我就成了人和小学的一员。20多年来，人和小学也发生了很大的变化，变得越来越美了。我在这里兢兢业业地工作，送走了一届又一届毕业生，这期间也发生了一些事，回想起来觉得十分有趣。

—— 陈贻昌

有一天，艳阳高照，多好的天气啊！然而教室里却是死气沉沉的一片，学生个个无精打采。也许是学生已适应了我的教学风格，渐觉老套；或许我的教学风格太墨守成规，难以适应本班的实际情况。这是一节数学试卷讲评课，也许是讲评试题总是充满机械化的过程，学生提不起兴趣吧。你看看，提个问，只有寥寥无几的举手，有气无力的回答，让我为自己的教学感到悲哀，我还站在讲台上有什么用呢？学生对讲评的教学程序已经索然无味了。这次考试总体成绩很不理想，学生竟然还不够重视！我甚至觉得自己的教学语言成了可怕的摇篮曲，让学生昏昏睡去。我知道再讲下去也无用了，接原路走只能适得其反。不行！我得出点"花招"，错误率这么高，必须让他们更加重视，以便吸取教训，避免历史重演！可怎么办呢？强硬的口气肯定是起不到丝毫作用的，反而会让学生的沉闷愈演愈烈。

"打起精神认真听讲，掌握好解题方法，下次碰到了就得心应手喽！"我尽量用鼓励性的言语来执行我的教学计划，但学生的热情还是处于疲软状态，几番交流下来，学生的状态还不令人满意。难道课堂真的要成为我上演独角戏的舞台了？于是我话峰一转问道："也许你们不知道，在我做这张考卷时，做错了一题。幸亏其他老师指出，不然全班的考卷都会改错了，可这题目看起也不难，我竟然做错了。那么你们猜猜老师是哪一题错了？看谁能先指出来，同时也说说老师错误的原因？看看哪位同学最了解老师？"听到我的问话，学生有点兴奋起来，果然精神起来了。"我知道，我猜是'3时36分=（　）分'这题。老师你可能会等于3.36时，你把分与时的进率看成了100。""不可能，这么简单的题目老师会做错吗？老师还时常提醒我们要注意时间的进率不同于其他单位的进率呢！我认为是这题：用10减去5.5的差去除10.8，商是多少？"我笑着问："为什么呢？""因为，因为……"这位学生有点紧张，刚才被反驳的同学看着他嘻嘻笑，这位同学平时极少发言，今天能积极回答实属不易。给他点鼓励吧："说出来，看你能不能先指出老师的错误，当我的老师！""是因为题目中用差去除10.8，'去除'说明必须调换位置，就是用10.8除以差才可以。而你曾跟我们讲过说，在你读小学的时候就经常产生没有调换位置的错误!"我听了微微一笑,点了点头:"说的有理!""那么老师错的就是这一题了?"我笑着说:"你希望老师一直错到现在啊!后来我通过认真学习,明白了'除'与'去除'均要调换位置。你知道吗?""我当然知道,而'除以'和'被某数除'就无需调换位置喽!"想不到,这还培养了学生的类推能力。

"看来不是这一题。"那位学生嘴里喃喃念道,满面迷惑地坐下来之后,立即有人迫不及待地接上:"我认为是这题:'0.499精确到百分位约是()'。因为这题经常有人会等于0.5,把保留后百分位上的0给去掉了。""对,这题容易出错,我以前会算成0.40,没有连续向前进1。"我笑盈盈地故作疑惑状问:"难道我也会重复你们的错误吗? 不过还得谢谢你们两位为大家指出了解题中易错的地方。"这时一旁沉思已久的同学说:"我猜是这道简算题'0.125×0.25×32'。""为什么呢?""因为这题好多人简便方法运用错了。""你能不能具体解释一下呢? 要不你到黑板上写出来给大家看看吧!"这位同学健步走上来,在黑板上写下:0.125×0.25×32=0.125×8+0.25×4=1+1=2。写完后,他指着"+"振振有词地说:"错就错在这个'+',把32分成8和4是对的,但别忘了是8×4等于32,而不是相加,所以加号必须改成乘号。"话还未落音,下面的同学情不自禁地鼓起掌来。我故作惭愧状地说:"说得好,看来我得下岗了。"同学们哈哈大笑……当下课铃声响起时,学生们都意犹未尽。"机灵鬼"小谭说:"老师其实没有做错,在骗我们呢。""这难说,人总有错误的时候。""是老师在哄人,整张试卷都已讲评完了。到底是哪一题嘛?""你猜嘛!""老师真狡猾!"看着学生个个精神充沛,神情迫切,我语重心长地说:"其实,老师错在哪一题并不重要,重要的是你是否发现了错误的原因及是否掌握好了解题的方法。只要我们能善于去探讨去研究,相信你会取得更大的进步的!"从学生沉思的神情中我能读出,他们会懂得我的意图的……

说老实话,以前我对讲评课一直存在"畏惧感",不知该如何进行有效的教学。通过这节课,我似乎找到了答案,心中充满了成功的快感。同时我认真审视这堂课,又进行了深思:新课程改革的重要一环就是"以学生为主体",如何在教学中让学生更多地参与到课堂教学当中来呢? 我想应坚决摒弃过去满堂灌、填鸭式的教学方式,那样老师教得累,学生学得也累。通过这次教学,我认为教学中需要润滑剂,要有新意,不经意间的一些的"小花招",能为教学带来精彩的花絮,比如穿插一些幽默。在教学中,教师富有哲理和情趣的幽默,能深深地感染和吸引学生,使自己教得轻松,学生学得愉快。如教育家斯维特洛夫所说:"教育家最主要的,也是第一位的助手是幽默。"同时还要营造一种轻松愉快的课堂氛围,学生在轻松、活泼、自然的情境中愉快地学习,从而可收到良好的教学效果。

人物档案 陈贻昌,重庆两江新区人和小学校教师。1991年参加工作,热爱本职工作,认真学习新的教育理论,广泛学习各种知识,形成比较完整的知识结构,不断提高自己的教学水平和思想觉悟,严格要求学生,尊重学生,发扬教学民主,使学生学有所得。

幸福，在这里很简单

一百年风雨沧桑，一百年春华秋实，一百年岁月峥嵘，一百年薪火相承。两江新区人和小学即将迎来一百周年校庆。我很庆幸自己能在中途赶上这趟列车，参与了学校百年历程中的五分之一。我的二十年，你的五分之一，但你却让我体会到了百分之百的幸福感。在这里，拥有幸福其实很简单。

——陈　毅

风雨百年，悠悠情愫。曾记得初来人和的我是多么的忐忑。到一个新的学校，人是陌生的，事是陌生的。初来乍到的我如同一个站在大门口的陌生人一般下不了迈步的决心。学校的领导用微笑给我鼓励，周围的同事耐心为我讲解各种教学管理注意事项，小到班级如何做好清洁，大到教研组的备课以及如何组织学生参加学校的大型活动等。温暖无时无刻不在身边围绕，关怀随时随地渗透心田。让这个初来乍到的我，找到了家的感觉，幸福之感油然而生。

"和润"教育，强调人人进步，和谐发展，旨在培养世界眼光、家国情怀的和雅少年。正是这样的教育理念和育人目标，让老师的教不再是一种负担，让学生的学不再是灌输。于是，这里的师生关系和谐，不是亲人胜似亲人。在这里，我和我的学生们在课堂上一起学习，在操场上一起运动。课后，我们一起打扫卫生，一起布置共同的家园，一起分析成败，一起探讨梦想。在和谐的相处中，我们了解彼此，付出真心。在共同成长的道路上，学生笑，我也笑，幸福就是这么简单。

都说师生是一场最美的遇见，因为这种遇见，成就了更多的遇见。在这期间，我遇到了很多理解、支持我的家长朋友。这里的家长是真的把老师当朋友。"老师，你们是真的不容易，我们一个孩子都教不好，你教这么多，真辛苦……""老师，我们互相理解，孩子有什么不好的地方，你别着急上火，你就告诉我，我们一起教育。"多么真诚的关切，多么朴实的话语。是的，作为老师，只需要家长的一句理解的话语，就足以让我们拥抱幸福。

蓦然回首,时光悄然在我身后印下了一连串难忘的痕迹。我在人和的二十年,见证了学校的飞速发展。这二十年,不仅沉淀了我在专业领域上的认知,更让我收获了无价的师生情、同事情。原来,幸福真的很简单。

在这里,有春的温暖,有夏的灿烂,有秋的成熟,有冬的内敛。我感恩,在这里由青涩走向成熟,收获一次次成长;我自豪,在这里遇见了生命中很多重要的人和事,见证学校跨越式发展带来的崭新气象;我幸福,在这个团结友爱的集体中,大家同心协力,共同谱写新篇章。

幸福,在这里很简单。幸福就是,我的学校一百岁了,而我与她的故事还在继续着……

人 物 档 案

陈毅,重庆两江新区人和小学校教师,小学一级教师,两江新区语文骨干教师。曾获"两江新区优秀班主任"、人和小学"优秀辅导员""优秀教师""优秀教学能手""优秀骨干教师"等荣誉称号,撰写教育教学经验论文获市级一、二、三等奖,多次辅导学生参加市级征文比赛获一等奖。

感谢，在最美的年华遇见！

浓情三月，杨柳含烟，凝在暮春的微雨如豆蔻年华的少女般羞怯。当我穿越花枝梢，踏过暖阳投射树梢斑驳的日影，与你们相遇，一如从前……

感谢，最美的年华，遇见！

绝世美颜华裳千万，最终抵不过岁月罩染。当你青丝泛白，阡陌纵横，青春不再，不知不觉教学生涯已过30年。

—— 冯小红

年年的春草重复冬日的枯黄，在期待中迎接一批批稚童的到来，把他们一个个小心扶入青春之门，六年后再一次次满怀期许——目送。然后再重复"昨天的故事"——初见"你"在人小，重逢"你"在影集……

你若安好我便无恙！

眼前一张张熟稔的面庞，如同含窗剪影，烙印在记忆深处。

他们是我到这所学校迎接的第二届学生，初见稚子，天真懵懂，一手紧紧拉我，眼巴巴地望着：

"老师，我想妈妈，想回家。"

"老师，今年多大啦？"

我爱这群淘气、不失一份纯真的孩子。我教书育人，湿润知识的芳华，给予他们人生的奠基；他们天真烂漫、纯真无邪，何曾不是馈赠我一份良善的天真，一段单纯无盈的快乐时光。

"快，有敌情！"

"哟瞧，一只蝴蝶飞来了。"

"在哪？真美呀！"

我的妙语连珠，滔滔不绝，一堂语文课就这样"沦陷"！同学们有的站起来津津有味地盯着蝴蝶，伸出双手想要捉住；有的情不自禁离开了座位追逐着蝴蝶；有几个孩子干脆走出教室，似乎要奔走相告的模样，甚至还有要求我拍照的。刚才严谨的课堂，转瞬演变成了闹市。看着孩子们的兴致高扬，我灵机一动，默默等待。教室慢慢安静下来，但还沉浸在捉蝴蝶的愉悦中。我引导他们，回忆刚才所见、所闻、所想，互相交流。最后，一篇绝妙的观察日记居然应运而生。

通过这段插曲，令我没想到的是，我和孩子们的关系居然拉近了许多。他们愿意与我"摆家常""唠嗑"，述说心中的快乐与悲伤，我也愿意成为他们偶尔找寻的"一片阴凉"。到了高年级，他们甚至会大方地向我坦白青春期的爱与迷茫，畅谈"诗和远方"。

最让我窝心的是我一次手术后返校。

还记得那是一节语文课，当我拖着沉重的步伐走到教室门前，却发现门紧紧关着，这是什么情况？猛地推开门——一片漆黑，突然从教室内涌出几名学生，一名学生接过我的语文书，另几名学生从两边扶住我走进教室，将我扶到讲台边的凳子上坐好，有学生站在我背后轻拍着我的背，不停地笑着说："别生气！别生气！生气会老得快！"真让我哭笑不得，让我不知该如何"出牌"了。一抬头，就见一调皮学生端着一杯开水走上来，一边吹，一边不停地说："喝点水，消消气……"旁边学生也拿出扇子给我扇风。这是什么状况？等教室渐渐安静下来，班长一挥手，"一……二……三……"同学们齐声："祝老师康复回校！"我缓过来一回头，只见黑板上用彩色笔写着几个大字——"保重身体，健康快乐！"下面还画着一张张笑脸……万语千言，如决堤的江河，我感动得无以复加。此后经年，这场景常常在我脑海复现。

时光似如歌的行板穿梭，不留一丝痕迹，但定格在黑白照片上的春天，总渲染出一片彩色的情绪。如今，穿过树梢的剪影，印入眼帘的天真稚童，早已迈过青春之门，成为挺拔的少年，但那满含濡沫的神情，暖入三月阳春的笑脸依旧如昨。

我信奉陶行知的"生活即教育"，没有"春蚕到死丝方尽"的高洁，不够"蜡炬成灰泪始干"的果敢，只凭着三尺讲台，一支粉笔书写着我的诗意人生。

七月流火，满含祝福，目送一轮轮毕业生走出人小的大门。金秋九月，期待满满，迎接一批批稚童迈入人小的殿堂。

我们相遇在人小校园，春燕呢喃，浸透雨丝的柳叶如丝缎般顺滑；匆匆六年，演绎着我与"孩子们"不可复制的故事。

岁月如此期待，允你一轮如歌的韶华，许我一段惊喜的遇见，剪接一段不悔的时光。即使记忆长了胡须，对你的回忆永远不会衰老。

人 物 档 案　冯小红，重庆两江新区人和小学教师。从教至今30余年，曾荣获"县政府嘉奖""高新区优秀教师"，人和小学"优秀辅导员""优秀教师""优秀教学能手""优秀骨干教师""三八红旗手"等荣誉称号。个人撰写的教学论文多次获得国家级、市级一等奖。辅导学生的征文多次获得国家级、市级、区级一等奖。

教师的感人事迹

　　每个人内心都有万缕情丝。在遇到令我们感动的事情时，情丝波动，内心涟漪。感动有许多种，对一件事情的感动，对一句话的感动，对一个微笑的感动，而我被我们学校的一位老师的一举一动所感动。一想到她，我就顿时情丝波起，乐章不断……

—— 郭娅琴

　　这是发生在我们身边的一名小学普通教师的感人事迹。她，是学科的带头人；她，是我校朴实能干的班主任；她，更是一位经验丰富的语文教师。她叫刘勇义。

　　每天上班时你会看到她早已进入了工作状态，每天下班时你会看到她仍旧在认真地批改作业，有时很想亲切地称她为"忙碌姐"。我的内心早就对她钦慕已久，这几年发生在她身上的事情，更让我对她佩服得五体投地，感动不已。

　　也许是长期紧张、忙碌的工作导致他的身体常年被病痛缠绕，这些病让人寝食难安。我想她应该会休息一段时间，可她为了不影响工作，并没有利用工作时间治疗，仍然默默无闻地工作。她好像什么事情也没有发生过，每天上班时依然早早地进入工作状态，每天下班时还默默地批改着作业。

　　一天同事在闲聊时，又聊到了刘老师。说和她一起参加培训时，看到刘老师的顽疾又犯了，难受地趴在那里，用手撑着头。同事劝她先去治疗，而刘老师却微笑着摇摇头，说没什么。与此同时，更让同事震惊的是，她还带来了资料，在疼痛稍有缓解时，又开始认真地工作。

　　听到那里，我陷入了沉思：这不就是捧着一颗心来，不带半根草去的刘老师吗？这不就是蜡炬成灰泪始干的刘老师吗？这不就是俯首甘为孺子牛的刘老师吗？

　　我又不禁想吟诵那首词：暑日初收，金秋夜，思绪萦绕。为师表，笔端心热，付与芳草。四季辛劳暮与早，蜡炬成灰光多少？血和汗，看人才风貌，全知晓。爱深沉，花繁叶茂。鬓为霜，人自豪。奉献歌高唱，余音袅袅。滔滔长江浪推浪，资水留下声声好。

　　刘老师那种工作精神值得我们学习。请让我们为那些在工作上努力的人、让我们感动的人致敬。

人 物 档 案　郭娅琴，重庆两江新区人和小学校教师。工作16年以来，曾获得重庆市信息技术优质课竞赛一等奖，指导多名教师参加区级科学优质课竞赛获奖，指导学生在各类市、区级的科技活动和竞赛中获奖，被评为"北部新区十佳教学能手"。

匠心筑梦,不负芳华

To learn while teaching, and to teach with my deep sincerity.

—— 何　曦

与你初相识,相逢尽欢喜

世间万物,一双眸怎能欣赏完这无旁的景色? 当脑海里呈现一幅画面,回忆起某个事件,这无疑是对自己而言无比重要的。犹记得,二零二零年八月离去,九月将至之际,在这里,在人小,新学期如约而至,而我与人小初相识。

"厚德明志,博学笃行;先当好学生,再当好先生""教书育人,师德为先""爱是教育的基础,是老师教育的源泉"这一句句话语是我在人和小学收获的第一份感动。在那个夏天,在这百年历史浸润的学校里,系列教师业务能力培训促进着新学期的新规划、新发展,也激励着我,这个刚研究生毕业、刚踏上工作岗位、怀揣着教育初心的我,以满腔的热血、满怀的激情,投入到崭新的人生篇章中。

如果有来世,我还做老师

我一路走着,学着,做着。二零二零年九月,伴着丹桂馨香,我迎来职业生涯中的第一个教师节。校园里,孩子们自己动手制作卡片、奖状,用真挚的语言赞美老师,以深深的爱意拥抱老师。今天的我,也是被爱包围的一天!

在这一天,最深刻的感触停留在了我们英语组聂丽莉老师做退休发言时说的一席话中,聂老师说:"如果有来世,我还做老师。"她辛勤耕耘三十五载,当孩子思想有了困惑,她耐心排解,引导其走向正确的道路;当孩子学习出现了问题,她深入分析,帮助其树立学习的信心。她在三尺讲台上拿着粉笔谱写春秋,循循善诱,春风化雨;她用青春默默耕耘,用爱浇灌,播撒希望;时光染白了她的满头青丝,却丝毫不能磨灭她对教育事业的热爱;她随时随地关注学生,给予学生温暖关怀。漫漫教育路,回首皆芳华。

聂老师的话激励着我们、感动着我们。何为教书育人? 是一名名教师,用心、用情、用真诚开启智慧的大门;是一名名教师,用自己的信念、热情、智慧培植学生的理想,成为学生的筑梦人。是呀,是我们用知识的甘露滋润着学生的心田,用奉献的热血传承着人类的文明,用无悔的青春演绎着诗意的人生,浇灌桃李缤纷。

向阳而生，循心而行

很幸运，成为一名教师。作为一名教师，要爱岗敬业、倾心投入，要爱戴学生、尊重学生，要不断探索教学，不断实践反思，"多做、多听、多想"。我思故我在，在未来的教育教学中，我将坚持先进的教育理念，把握教与学的辩证关系，把教育工作当成一种信念、一种责任、一种乐趣、一种追求。

人物档案

何曦，中共党员，重庆两江新区人和小学校教师，硕士研究生毕业于重庆大学。撰写的论文获得全国小学英语教师教学基本功大赛一等奖，重庆市优秀论文评选三等奖。设计的小学英语作业获得区级一等奖。

一名科学教师的教育故事

陶行知先生说过："道德是做人的根本。根本一坏，纵然使你有一些学问和本领，也无甚用处。并且，没有道德的人，学问和本领愈大，就能为非作恶愈大。"

教育不仅是传授学生知识，更是对学生思想品德、心理意志、价值观的引导。不过德育教育不仅是说教，还需要在恰当的时间、合适的地点进行德育教育。

——胡　静

虽然现在我已经是一名正式的教师，但我仍然清楚地记得高中班主任对我说过的话："你选择复读一年，无论一年以后能不能考上大学，都不会给自己留下遗憾。"这样的话语时常在我脑海中浮现，老师教给我们的知识会随着时间的流逝慢慢被遗忘，但老师教给我们做人的道理、一些人格品质却永远不会被遗忘。

任教小学科学的第一年，面对小学科学的学科地位不高，学生、家长不太重视的情况，我曾感到迷茫和疑惑。这个时候学校给我安排的师父对我说："你要把自己教的学科当成主科，你自己都不重视自己的学科，还有谁会重视？"听了这样的话语，我对自己的科学课有了新的定位和认识，课堂上对学生也会严格要求。

当对工作缺乏激情的时候，我便会想起师父对我说的话："我们努力工作是一天，浑浑噩噩也是一天。当我们老了，回顾自己的工作时，要不留遗憾，能够给自己的子女讲述自己曾经奋斗的故事，而不是什么都说不出来。"家里的长辈也对我说："当老师非常伟大，一定要有责任心，有爱心，把娃儿教育好。"长辈们还经常给我分享他们曾经的老师多么有责任心，多么有爱心，多么无私奉献。

学生时代的老师、工作中的师父以及家里的长辈对我的人生起到了非常重要的作用。都说滴水之恩当涌泉相报，因此，我把这份恩情回报给我的学生。

在一次科学课上，我讲得津津乐道，突然听到我身旁的两名同学正在讲悄悄话。我心里想：在老师的眼皮底下都敢说悄悄话，必须好好整顿一下纪律。我问讲悄悄话的轩轩："你在给你同桌说什么呢？"轩轩低着头不说话，表现得害怕、紧张。我又继续问："雨晨，他在给你说什么呢？"雨晨红着脸，小声地说："轩轩说，班里有同学家住的是三层别墅。"我想了想，暂停了讲课，以此为契机对全班同学进行人生观、价值观的引导。

　　我告诉他们，不论别人家住的什么房子，有多少财富，都是他们父母努力的结果。如果希望自己也能和他们一样，就需要好好学习，养成良好的学习习惯，不断努力、奋斗。同学们听后纷纷表示赞同，要努力成为一个优秀的人。

　　我虽然是一名科学教师，但我一直认为课堂教育中不能缺少德育。引导学生树立正确的世界观、人生观、价值观是每一位教师的职责与义务，这也是教育的意义所在。

人 物 档 案

胡静，重庆两江新区人和小学校教师。曾获两江新区小学科学优质课竞赛二等奖，撰写的论文获得市级优秀论文评选二等奖、三等奖，重庆市青少年科技创新大赛优秀教师方案二等奖，重庆两江新区科技辅导员科教制作一等奖、二等奖，辅导学生获得重庆两江新区科学研究论文一等奖。

我与人小的情结

在这阳光和煦的的夏日中，我提起手中的笔，写下我与人和小学的故事。

每当提起我多年以来教书的地方，孩子们熟悉的欢声笑语深深触动了我，使我听出了一种独特变调，让我的生活晕染上永恒不变的温暖色彩。

—— 胡雪琴

多年前，一个阳光明媚的清晨，带着感恩和憧憬，我成为人和小学校的一名数学教师。从曾经熟悉的学校离开，来到如今的工作地点，从学生到老师，从青葱校园走到讲台上，我明白，这一份工作需要的不仅仅是热情，更需要的是对这项职业的尊重与投入。回首这些年来的工作，苦有时，快乐有时，满足有时，失落有时，但于我来说，工作给予我的酸甜苦辣，我会全部接受，不畏将来，只因为这一切值得我付出。

我还记得第一次站在讲台上的忐忑，在面对一张张天使般的面孔时，脑海中无数次思考应该如何才能平复自己内心的紧张，才可以将事先反复琢磨的话语顺畅地表达出来，这对于当时的我来说，确实颇有难度。然而年轮流转，时光飞逝，现在的我已经无数次站在熟悉的讲台上，向孩子们讲述着数学这项学科的魅力。

正是这些鲜活的画面，组成了今天完整的我。孩子们敏感、好奇，此时的我，必须用尽全力去陪伴"奔跑"的孩子。课上耐心细致地讲解，课后无微不至的关怀，我想这种经历是值得珍惜的，因为很难再有这样的时间去见证一个孩子的成长。每每回想，那些往事就会调皮地在眼前跳来跳去，笑靥如花的脸庞，欢笑嬉戏的身影，都变成了我人生的点滴财富。我想，这便是校园和教师存在的意义吧。

时间匆匆而过，转眼间，我已经在人和小学慢慢沉淀。我一直相信，会有那样的一天，我活成了我最想要的样子，过去所有的伤痕都变成了勋章。将生活赐予的所有痛苦，变成提高自我的能量，努力去做最好的自己，一生足矣。人生总会有一万种可能性可以把事情做成，所有答案都在自己身上，只需要成为更好的自己，一切都会水到渠成。多年的教学经历让我明白，事业的成功必须靠自己，人的价值如果需要外在事物来体现，则终将走向贫乏。所谓的标签都是自己不知不觉贴上的，与他人无关。生存与进化，本就是靠自己的事情，谁也无法代替完成。倘若真有人帮你搞定了一切，获取进化经验值的人也只是他而不是你。在自己的能力还不足以解决问题时，我们要做的就是寻求工具帮助，但了解这个工具是什么、如何获得，以及如何使用，还是你自己的事情。

这世上的所有幸福，都来自突破舒适区后孜孜不倦的坚持和进入学习期后义无反顾的拼搏。如果你的心中有一团火，你应该让它燃烧得更旺。人生就是推翻自己，重新再造的过程。我想说，在人生旅途中，要勇敢走出永恒的舒适区，摒弃懒惰，去认识那个更真实的你，要做不含任何目的，因享受教育过程而获得幸福体验的人。

作为人和小学的一名普通教师，在母校迎来她的一百岁生日之际，在祝福母校越来越好的同时，我始终坚信：所有的华丽转身都不是只如外界所看的那么光鲜，最重要的是寻找自己内心真正的渴望，寻找自己想成为的那个自己，终有一天，世界会回报以微笑和鲜花。期待和更多有教学理想的追梦人，相逢在更高处！

人物档案

胡雪琴，重庆两江新区人和小学校教师。从教19年，曾获得学校数学赛课二等奖，区级班主任基本功优秀奖，同时发表数学论文多篇，是数学学科和品德养成等科研项目的参与者。

时光流转的一抹深情

　　高大的香樟,伞状的桂花,茂盛的黄桷树,如瀑的三角梅,扇子似的银杏,四季常青的小叶榕,这是美丽的人和小学校园。一张张灿烂的笑脸,一个个忙碌的身影,是人和小学校园的另一道风景。

　　这是我带的第三届毕业生了,2009年6月,第一届学生毕业,学生早已工作。2016年6月,第二届学生毕业,2022年参加高考,一个个好消息传来。2022年6月,第三届学生毕业,即将开始中学生活。

—— 黄荣梅

　　每一天,每一周,每一月,每一期,每一年,时间更迭,四季更替,如一页一页画卷,在人和小学的校园里不断书写着。

来自班长的道歉(2007年11月9日)

　　昨天放学后,班长并没有直接回家,而是在教学楼后的乒乓台打乒乓球,其他孩子看见后就告诉了我。我并没有在意,心想玩了就算了,只要以后不要这样就可以了。何况他本身就是一个乖巧、聪明的孩子,我也不想多说。不一会儿,我就接到了电话,从那沙哑的声音我就猜到了是他,他只是说要向我道歉,然后就沉默不语。我已知道是什么事情了,就告诉他想好了明天再告诉我。

　　课间活动结束后,他主动来告诉了我。他已经有两次放学后没有直接回家了,在学校玩,方式和方法不对。我告诉他:"知道自己错了,老师非常高兴,以后不这样做就行了。玩可以,但要征得老师和父母的同意,在恰当的时间和地点玩,让老师和父母知道你做什么去了。你很聪明,也严于律己,很多方面都是同学们学习的榜样,老师更希望你能坚持下去,发扬自己的优点,改掉缺点,向新的目标努力。"他严肃地点点头,我知道他接受了。

　　我很感动。他这种有错误,虽然这还算不上是什么错误,能向我坦白、向我道歉的行为确实可贵,我想这并不是每个孩子都能做到的,而且他也清楚地知道只要以后不这样做了,我甚至可以不再提起。我感谢他的行为,能告诉我他心里真实的想法;我感动他对我的信任,并不是每个老师都会遇到这样的孩子和事情;我更真诚地希望自己能成为孩子们的朋友,而不仅仅是师长。

《我想》——李梦缘(2019年1月7日)

我想用小手
种一棵桃花树,
带着花香去玩,
和风儿一起去旅行——
在操场上闻闻它的花香。

我想把眼睛
放在白云上,
看那高高的大山,
跟着风一起去——
看看小朋友们的风筝。

我想把脚丫
放在沙滩上,
走在暖暖的沙上,
找着美丽的贝壳——
啊,美丽的沙滩蓝蓝的大海。

我想把我自己
放在美丽的学校里,
开开心心的和同学一起学习,
高兴地跑在长长的操场上——
当放学时我们的父母来接我们。

这是学生的三单元习作《我想》。李梦缘能试着用诗歌的形式把自己的想法写出来,很有想法的一个小姑娘,爱学习,爱校园。

在人和小学的校园里,遇见那一群亲爱的同事,遇见那一群可爱的孩子,我很幸运。在时光里,我们学习,我们磨砺,我们成长。几多付出,几多感慨,几多收获。飞扬的歌声,吟唱;熟悉的情景,再现;难忘的时光,凝聚。我们做了那么多改变,只为了心中的不变,默默地深爱着你,无论相见不相见,我多想你们看见……

时光流转,一抹深情永在!

人物档案

黄荣梅,重庆两江新区人和小学校教师发展中心主任、语文骨干教师,一级教师。两江新区2017年度科研工作先进个人,2022年最美教师,课题研究获2017年重庆市教学成果一等奖。发表论文20余篇,主研5个市级课题,多次辅导学生和教师获奖。

琐碎记忆

匆匆忙碌中,时光不再! 再次回眸,美丽依旧!

喜欢风轻云淡的日子,云悠悠,心悠悠。远山,绵延,层层叠叠,如阵阵碧波,追逐着那蓝天白云。喜爱简静的日子,简单却新鲜无比。花美叶也美,处处皆有情。喜欢雾的翩跹,也爱雨的旋律,候朝阳,追落日,心如孩童,宁静无比。与爱笑爱闹爱追好跳的小不点儿们厮守几十年,庆幸遇到一群群可爱的娃,一拨拨暖心的家长,一个个温暖的搭档,倍感足矣,乐矣! 值此学校办学100周年,自己年至半百,从教三十载,借此时追忆曾经那些甜蜜的、忙碌的、琐碎的瞬间。

—— 姜祥英

因为我和一个小不点的爸爸商讨他的注意力问题,小不点被他的"虎爸"给教训了:粉嫩的小脸蛋上,惊现一块淤青! 看着那淤青和娃那沮丧的表情,真的心痛,但我也只得狠着心说:黄荆棍下出好人。值得高兴的是,小不点的课堂表现真的有了质的飞跃。我抓住时机频频表扬小不点,还不时轻轻抚摸他的头。不多久,他又灿烂如初了。严慈相济是有道理的。

一次开学不久,我嗓子沙哑,时不时一声咳嗽,说话困难。第二天一早如常踩着孩子们的晨读声推开教室门,一盒金嗓子静静地躺在讲桌上,下边压着一张字条:老师,吃了这个你的嗓子就会很快好起来的哦。我不禁眼里朦胧,心底温暖。为师的幸福便是如此。

这次捣蛋鬼李兆琦也不捣蛋了,专心地听着课,课文也读得倍儿棒。他被我换了座位,被表现好的同学包围了。真是近朱者赤。我还郑重承诺:如那几个捣蛋鬼能坚持一周,就给他们发进步奖! 也许,赞许比批评更让人进步!

好久不曾听到这样直白的表扬了。被学生们簇拥着:今天老师好漂亮! 一张张小嘴像抹了蜜似的,声音也甜甜脆脆的,听着好顺耳! 我还煞有其事咨询道:这款口红好看不好看? 这款裙子漂亮不漂亮? 小不点们齐声道:好看好看! 漂亮漂亮! 一张张小嘴真是专拣我爱听的说呀,原本以为现在满脸慈祥就足够了,看来,还是要美一点好。

平平淡淡的节日,平平静静的日子。闲闲地不知往何处去,随随便便溜达,在微风中,在细雨中,偶遇了我的一名学生,他告诉我他们同学间常聚会,活动开展得轰轰烈烈。想当年曾和他们一起上学放学的日子,一起去爬山,一起去野炊的时光。那暖洋洋的阳光,那漫山遍野的金黄菜花,如今回想起来,觉得无比幸福。

我暖心的家长们也带给我无限感动。每每小不点在玩闹间出现的小摩擦,发生的小伤害,家长们都能够友好地妥善处理;每次就孩子的问题与家长沟通交流,家长们都能够冷静客观地予以接受和采纳;学校的各项活动,家长们都能够积极配合参加……幸运如我,让我遇见如此温暖又省心的家长们。

清晨的校园,远处的街灯未灭,办公室的灯已亮了。操场,薄雾弥漫。我在办公桌前落座,习惯性地拉抽屉取课本,却见坏了多日的抽屉拉手此时已经修复,它似乎也在静静地看着我,眨巴着眼睛让我猜是谁修理好的,望向旁边的搭档,笑着感谢,却是一句轻描淡写的俩字:小事。拿上课本来到教室,又见教室里一直拖着的老长的饮水机电源线也规规整整,被胶带妥妥地缠住归置好了。再次感谢搭档,仍是平淡的那俩字:小事。

脚伤时,同事们的电话、短信还有"偏方"及时送达,让我顿感伤痛瞬间减轻;要求线上完成的任务,总能得到年轻又热心的小罗老师、小文老师及时的帮助;教学上困惑的问题,班上遇到难处理的事情了,同事们或是支招解惑或安慰不断……感叹幸运如我,遇见如此温暖如家人般的搭档们。

平凡的日子里,琐碎的记忆无数,只取点滴却已经是满满的幸福和感动。余生很长,然而从教的日子却屈指可数了,未来的日子里,心存感激,定会遇见更多的美好。

人 物 档 案

姜祥英,重庆两江新区人和小学校教师,两江新区小学语文骨干教师。从教30年,曾获北部新区"十佳女园丁"、高新区"优秀少先队辅导员"等称号。辅导学生多次获得区、市乃至全国征文一、二、三等奖。

岁月如歌 我与人小共成长

时光荏苒,岁月如歌,不知不觉在人小工作了整整28年。在这里,我见证了一群童真稚嫩的孩子们的成长;在这里,我认识了很多志同道合的同事;在这里,我也从一个懵懂少年成长为一名老教师,和人小共同成长。我参与了人小的建设,人小见证了我的成长。

—— 李永娟

1982年9月1日,我有幸成为人小的一名一年级学生。那时候,教室是土胚房,只有高低不一破旧的桌椅,坑洼不平的地面,一块黑板、一盒粉笔、一个板擦。夏天,教室里热得像蒸笼;冬天,呼呼的冷风,从门缝里穿进来。学校操场及校内的小路都是煤渣路。晴天鞋上一层土,雨天身上一身泥。遇上大雨天,可能一周都上不了早操和体育课。学校条件相对艰苦,但管理井然有序,师生之间和睦相处,声声欢笑不停,每日踏入校园都会有一种舒服的感觉。

有一天,老师高兴地对我们说,学校要修新教室了,那可是敞亮的楼房啊。同学们都欢呼起来。接着,老师再问我们,你们愿意参与我们的学校建设,为我们的新学校出一份自己的力吗?我们都大声回答:我们愿意!紧接着,我们参与到了如火如荼的新学校建设中。我们用我们稚嫩的肩膀,将一块块砖、一片片瓦送到新学校建设工地。看着每天都在不断变高的砖墙,仿佛看到了宽敞明亮的一间间教室。终于,我们的三层教学楼建好了,同学们坐在凝聚了我们辛勤汗水的教室里,学习的热情更高涨了。

1994年,我从师范学校毕业,我又回到了我的母校,回到了我曾经熟悉的地方,与曾经教过我的恩师并肩作战。报到第一天,分管村小的郑老师把我带到了万年村小。初出茅庐的我,有些胆怯了,是郑老师的一句"以后你就跟着我们了",化解了我内心的恐惧。在之后的日子里,她们如大姐姐般照顾着我。记得我第一次上公开课的时候十分紧张,课前我一直在研究教材、研究教法,嘴里念念有词,那时的我心里充满了渴望与担心,渴望的是我上的课能够得到学生和其他老师的认同,担心的是自己的课不被学生接受。这一切都被和我搭班的郑老师看在眼里,她走过来亲切地问我:"李老师,你在干什么呀?嘴巴一直在碎碎念。""我在背上课的话呢,怕上得不好,学生不喜欢。"我不好意思地回答道。郑老师扑哧一笑,然后说:"怎么会呢,我们娟娟老师最厉害了。"我也顿时安心不少。接着,在郑老师的悉心指导和帮助下,我顺利完成了第一次公开课的授课任务,内心充满了成就感。在郑老师的指导下,我学会了出作业题单,学会了命题出试卷,学会了怎样上好一节课,学会了怎样成为一名好老师,学会了与同事的相处之道……

1995年,我们学校又迎来一次新的大变化。中心校区在旧址上,将新建教学楼、综合楼、食堂。在一年又一年的学校改造中,实验室、图书室、音乐教室、美术教室、劳技室、机器人教室等一应俱全。操场是塑胶跑道,除了室外操场,还有风雨球场,无论晴天还是雨天,都能满足孩子上体育课的需求。班班一体机,辅助教学,效果好。学校还配有互联网设施,我们可以共享优秀学校的教育资源。2022年,随着建设的新人小,人小又开启新的征程,我也跟着人小一起再启航!

2022年,人小迎来整整100岁,风华正茂。时间,见证了一群群人小人的芳华。硬件迭代,理念更新。蓦然回首,人小一张张青春洋溢的笑脸,一座座写满荣誉的奖杯,都见证了学校的光辉履历。我有幸参与其中,每每想起,激动不已。一路成长一路歌!虽任重道远,但我将继续努力,与学校共成长、共发展。

人物档案 李永娟,重庆两江新区人和小学校教师。从教28年,在教学工作中一贯遵循"只有爱学生,才能更好地教育学生"。

以爱之名 传承百年师德

还记得那是五年前的一个夏天,离开大学的校园,我怀着忐忑的心情走进梦寐已久的人和小学。踏入校门,视线所及便是暖心的新教师欢迎牌,抬头便是醒目的灯牌,跟着贴心的引路牌一步步走进校园,我的心也一点点融进了这个古朴却又温馨的学校。

—— 林瑾瑜

作为一名新教师,人和小学是我教师生涯的启蒙地。怀揣着对孩子的喜爱,对教育事业的向往,小心翼翼、满心欢喜地踏入教育的殿堂,一切都让我新鲜、好奇。看看这张脸、摸摸那个头,多像一株株蓓蕾仰着小脸,渴求着阳光雨露。有时我总在感叹,他们把我当作"幸福",殊不知,他们才是我的"幸福"。每天清晨孩子们童稚的一句"老师好!"都能给我带来一天的快乐和生机;每一天傍晚随着一声声"林老师,再见。"给我留下明天的期望之光。这份爱与感动,让我逐渐在教育的过程中感受到,所谓高尚的师德,它既不是索取,也不是等价交换,更不是口头的承诺,而是付诸于行动的行为。它是无私的付出,是毫无保留地给予我们作为教师的教授与爱心。

忆往昔,师德是孔子"其身正不令而行"的言传身教;师德是刘禹锡"芳林新叶催陈叶,流水前波让后波"的廉洁从教;师德是荀子"锲而不舍,金石可镂"的坚持不懈。他们为天地立心,为生民立命,为往圣继绝学,为万世开太平。

看今朝,师德是张桂梅老师的素心托高洁。在深山里建一座女子高中,帮助贫困女孩考上大学、改变命运。她们甘为人梯,淡泊名利,培根铸魂,启智润心。

我爱我的孩子们,在他们为难题困惑时,我学着鼓励他们勇敢质疑,提出问题,因为每个孩子都是独一无二的花朵,花期不同,我能做的就是以爱浇灌,静待花开;在他们因顽劣犯错时,我尝试着换位思考,再努力循循善诱,因为学生是发展中的人,我要站在孩子的角度看世界,允许他们犯错,引导他们改正。

与此同时,我也感受着孩子们对我的爱。那是他们赠送给我的一张张精美的教师节"奖状",是他们听到预备铃打响时认真的课前准备,是他们课后一句句真诚的"老师您辛苦了",更是他们在向我请教问题后送给我的一颗糖、一个折纸、剩了一半的小橘子又或者是一朵刚画好的小红花……

这样的爱与感动,在人和小学的校园里,处处传递着。百年至今,这是文化的沉淀更是情怀的传承。我也在前辈的指引下、同伴的鼓励中,逐渐找到教育的真谛。在与孩子共成长的路上,踏着荆棘不觉得辛苦,有泪可流却仍觉得幸福。

百年大计,教育为本。教育大计,教师为本。我知道未来的教育之路还有很长,前进的道路一定不会平坦,但我会沿着那陡峭的山路勇敢地攀登,在今后的旅途中刻苦学习、虚心请教、不断提高自身素质,把对朋友的无私帮助、对学生的关怀爱护、对事业的不断追求,挥洒得淋漓尽致。

面朝大海,春暖花开,是海子的选择;人不是生来被打败的,是海明威的选择;采菊东篱下,悠然见南山,是陶渊明的选择;而潜心教书,静心育人是我的选择!在人和小学这片教育净土,我愿以鲲鹏扶摇之志,滴水穿石之恒,关爱社会的桃李;我愿以宣父拜师之行,岳飞治军之为,为学子做优良表率;我愿以东风化雨之情,春泥护花之意,培育人类的花朵,绘制灿烂的明天!

人 物 档 案

林瑾瑜,中共党员,重庆两江新区人和小学校大队辅导员兼团支部书记。曾获重庆市少先队辅导员大赛三等奖,重庆市基础教育改革论文二等奖,两江新区班主任基本功大赛教育叙事特等奖。

雨 天

我喜欢雨天。

幼时，每到下雨，小河沟里便会涨水，放学时便多了一重欢乐——捞鱼，是那种能吃的小鱼，油炸以后风味更佳。我们的"战斗力"很强，每次都收获颇丰，即使淋着雨，也乐此不疲。以至于后来住在河边的人感慨鱼儿一年比一年少，我便要十分心虚地接上一句"大概是气候的问题吧！"

—— 刘富钰

与人小的初见，也是一个雨天。

我站在门口，一眼便看到了校区公路。迷蒙的水汽里，一列榕树在雨中静立，或长或短的根须从浓青的树叶中直直垂下，远远望去，焦褐色的根须尖端仿佛还凝结着水滴，看不真切，但很美好。想到以后每天都会从如此娴静的小道中走过，内心便充满了欣喜。许是有这样的心理加持，即使后来我又去过很多地方，也见过很多的树，但我认为再没有哪里的风景比得上那时那刻。

工作久了，我发现小孩们也很喜欢这里，每到下课，校区公路永远有听不完的笑声。但他们十分讨厌下雨，因为他们喜欢的户外体育课跟下雨完全是水火不容。

春天的第一声惊雷在语文课上响起，窗外淅淅沥沥，孩子们便泛起愁容，面露忧郁。我一看课表，原来下一节是体育课。

不应该是这样的。

我放下粉笔，打开教室门："走，出去观雨。"

孩子们先是不可置信地看着我，然后蜂拥而出。一开始孩子们只敢站着看，生怕稍一乱动连这点快乐也没了。渐渐地，胆子大的孩子一边小心翼翼地观察我的脸色，一边试探着伸出手去接雨，见我没制止，更多的孩子开始摸栏杆上的水珠、用脚去踢溅到廊内的雨滴……他们先是小声地笑，然后笑声越来越大，越来越响。

一个孩子玩累了，跑过来告诉我："老师，我喜欢下雨！"想了想又觉得这样说不好，"不对不对，是喜欢你的课下雨。"又好像也不很准确，"哎呀，也不对。反正，反正我就是喜欢！"说罢，也不再纠结，又跑去跟雨玩了。

一种别样的快乐。

"老师,我们,我们能去校区公路玩吗?"有人开始不满足于这条窄窄的走廊。"不行"两个字都到了嘴边,却怎么也说不出口。一双双小小的眼睛里满是对雨的渴望,我仿佛看见了那个在雨中摸鱼的自己。

"去吧。"

周围的孩子都竖着耳朵听,我刚说完,几人已经欢呼着如风般跑进雨中,跑向公路。

我赶紧补了一句:"把帽子戴上!"

谁还听得进去呀!已经撒了欢了,有伸手"求雨"的,有打"雨仗"的,有跟雨赛跑的;有的蹲在那里"造船",有的伸脚要践碎雨滴……雨中的校区公路不再娴静,小孩的身影不时穿梭其中,这情景比平日里更添了几分生气。

后来,他们在作文内写道:"雨是自由的使者""我正爱着雨的一切""期待下一场雨的快乐……"

发自内心的爱、最纯粹的笑容,让他们写出一串串灵性的文字。我想,在这样的课堂上,他们也爱上了雨天。

人物档案

刘富钰,中共党员,重庆两江新区人和小学校教师。参研课题获重庆市人民政府颁发的教学成果一等奖,撰写的论文在"全国教师优秀科研成果"评选中获得一等奖。2020年被评为两江新区教育系统优秀班主任,多次获评人和小学"优秀辅导员""优秀德育工作者",辅导学生在各级各类比赛中多次获奖。

百年人小 师恩难忘

百年人小,你可知道有多少孩子的理想在这里扬帆起航? 有多少老师和学生在这所校园里叙写过他们的人生故事? 我是人和小学的老师,曾经,我也是人和小学的一名学生。

—— 刘　静

我的父母也曾就读于这所百年老校。他们告诉我当年这里被称为公馆,到了上学的年龄,孩子们都盼望着来公馆读书。入学后,大家更是珍惜来之不易的学习机会。也就是在这里,爸爸学会了读书写字,还练得一手漂亮的毛笔字。到我上小学的时候,这所百年老校被称为人和中心校,它同时还分管着周边的近10所村小学。村小学的老师要到中心校听课、学习。这些村校便于孩子们就近入学,我就在其中一所村小学——龙坝小学度过了我小学六年的美好学习时光。

在人和小学的百年历史中,有许许多多优秀的老师,他们在平凡的岗位默默耕耘,培育出一个个新时代的接班人。我的小学班主任冯兴玉就是一位和蔼可亲的优秀教师。她的家紧挨着学校的三间教室,她很重视对我们的习惯养成和思想教育。我们村小学只有两个教学班,晨读、午休以及劳动的习惯就是在小学阶段养成的。

早晨一到教室我们就自觉地诵读。那时学校没有电铃,每天的第一堂课在老师的口哨声响过后开始。犹记得冯老师工整的板书和深情的诵读。村小学老师少,冯老师几乎承担了除数学以外的所有课程。

除了文化课我们还有劳动课,冯老师带领我们把学校的小花园种上花草。在村里,学校还分有一块劳动实践的土地。春天,两个班的孩子在老师们的带领下,拿着小锄头一起到地里锄草、种油菜。冯老师让我们照着她的样子打窝,撒油菜种子。同学们干得热火朝天,谁也不肯落后。等到油菜籽成熟采摘后,冯老师总会用卖菜籽的所得请我们吃冰棍,让我们真切体会到劳动的快乐与满足。

学校虽小,仪式感不能少,庄重的升旗仪式、特别的少年先锋队入队仪式让我至今难忘。印象最深的是六一联欢活动。为了让儿童节的节日氛围更加隆重,我们经常和周边的村小学联合举行庆祝活动。冯老师总会让我们提前一个多月就开始准备,耐心地进行节目指导。庆祝六一那天我们一早从学校排队出发去邻近的学校。至今还记得一路上同学们的那种雀跃的心情,而冯老师似乎比我们还激动,总是笑容满面地和路上的熟人打招呼。

成长的快乐因冯老师的陪伴而加倍。犹记野炊时我们扛锅背菜、搭灶生火、拾贝壳、抓螃蟹;犹记我们围着看冯老师批改试卷和作文时的红勾与批注;犹记冯老师几次带我去人和中心校听课学习……

师恩难忘,感谢冯老师您在我幼小心田里播下勤劳、善良、乐观积极的种子,感谢您在学习上给予我的关心和鼓励。您常说有志者事竟成,如今我也站在了三尺讲台上,终于能深切体会到您对教育的那份热情与执着。

百年人小,岁月如歌。人和小学的百年历史中还有许许多多默默无闻的好老师,他们传承着人和小学的优良传统。正是因为有了他们的勤奋耕耘、开拓创新,才有了老百姓家门口的好学校。愿敬爱的冯老师身体健康,祝愿人和小学的明天更加辉煌灿烂。

人物档案

刘静,重庆两江新区人和小学校教师。2017年在人和小学中青年教师语文阅读教学竞赛中获得二等奖,获评人和小学"优秀辅导员""优秀教师",辅导学生在各级各类比赛中多次获奖。

我与人和小学的缘分

时光荏苒，我已站在三尺讲台21年了。2022年8月11日，我迎来了人生中最重要的工作转变，有幸调入了重庆两江新区唯一一所百年老校——人和小学。虽然在此之前我已几十次来过这所美丽的校园，不少人也认识我，但喜出望外的是，今天我竟然能成为人和小学大家庭的一员了——真是缘份啊！

—— 刘淑娅

我深知如此缘分难得，况且我是带着重要的使命而来：担任人和小学后勤服务中心主任，并为学校的校舍改扩建工程具体实施而"大显身手"。新改扩建的人和小学项目建设用地面积37亩，拟建规模为36个小学班级，6个幼儿班级，预计容纳学生1800人。然而在建设中，学校还有27个班级要在校园内一直就读，这给工程具体负责人员的我多大的安全压力啊！如何保证工程顺利推进又不影响在校师生正常的学习、工作、生活秩序，这些天我一直在思考着、焦虑着。然而，就是在这短短的不到一个月的与人和小学师生员工的接触中，让我信心倍增。

我深感，自己任职的后勤服务中心主任责任重大。如何真正做到履职尽责呢？我心里暗暗给自己加油打气，一定不能让大家失望，一定要为师生服好务，圆满完成领导赋予我的重任，绝不辜负组织的厚望：我研究了学校食堂的菜谱，开发了菜谱公众号推广；调整了物业服务人员岗位，制定了新的物业服务标准；对安保人员进行了细致化的服务培训；用尽可能少的经费改善学校多处环境，比如墙面的作品展示园、宣传公示栏等；一遍又一遍地跟改扩建工程代建方与设计方耐心沟通，确保每一项工作的精准性、实效性。

一天，我正冥思苦想着新校园的校舍到底要增加哪些功能室才能满足学校未来的教育需求时，我灵机一动，与其一个人闭门造车倒不如把问题发到学校教职工群里听听大家的想法。于是我抱着试试的心态发了出去。没想到，老师们热情很高，纷纷私聊我，提出了不少具体而有益的建议：心理咨询室应有两个分区，有团辅区，还要有个体辅导区；要有跟上时代节奏的智慧中心；要有专业的数据中心；要有我们学校特色课程的专用功能室；艺术功能室一定要配备专用的准备间等。我欣喜若狂，不只是获取了这么多有用的建议，更看到了老师们对学校美好未来的殷切期盼,生活在这所校园里,其兴奋感、幸福感油然而生。

这几天,我每天都在努力发现和收集老师们想要维修的东西:锁坏了、柜子坏了、灯坏了、桌子烂了、厕所水管破了……老学校的校舍与办公硬件状况,我早有心理准备,不少问题大都能在当天解决,但问题并非无差异。一天,六(6)班班主任赵老师告诉我,他们班的黑板松动了,怕掉下来。我当即表示,马上来解决。赵老师很关切地说:"你最近要马上处理的事太多,我们班这事儿应该不很急。"我匆匆赶去教室:原来黑板随时都有掉下来的危险。这怎么行,再仔细一看,这是最早一批班班通,这个配件上哪儿去找呢?于是我拨通电话咨询生产配件的原厂家,结果这种配件早已不生产了。我又去学校库房仔细搜寻,也没找到类似配件。于是,我只好给赵老师回复:抱歉,黑板滑动件今天修不好了。赵老师安慰我说:"没事,不能修就暂时将就用呗。"我听了很内疚,我得赶紧想办法解决这一问题,不能遇到一点困难就止步不前。下班后,我仔细地转了转学校里的每一间房子,后来我转到了那间今年刚刚空出来的教室,再一查看发现这里的班班通和六(6)班的一模一样。我再摸了摸黑板下面那个配件,咦!居然有两个滑动固定配件,我有办法了。当晚就给有关工人布置了"紧急"任务,在工友的积极支持配合下,第二天一早就很快解决了这一问题。六(6)班的黑板不再摇晃了,全班师生都很欣慰,我也很开心。

诸如此类的事,近段时间我几乎每天都在处理着,每解决一个问题我都会有一种成功感、快乐感。而源源不断的快乐就是我工作的动力。我深知前面的路还很长,肩上担子还很重,但我有信心。能共同经历人和小学办学100周年是多么难得的缘分,我唯一能做的就是在下一个100年的征程中,珍惜这份宝贵的缘分,报答学校接纳我、群众信任我、组织重用我的深恩。

人物档案

刘淑娅,中共党员,重庆两江新区人和小学校后勤中心主任,高级教师。曾获"两江新区优秀教育工作者""两江新区优秀共产党员""区级美术骨干教师""重庆市优秀指导教师"等荣誉。

在校园点滴中感悟人小"和"文化

离人和小学100岁生日越来越近了,可我还是无从下笔,似乎觉得写什么都表达不了我的心情,任何华丽的辞藻在这所百年老校面前,都显得黯淡无光。

—— 刘文东

本人有幸在人和小学做了整整一学年的"教育顾问"。弹指一挥300多个日日夜夜即将过去,还没来得及回味,记忆就将我带回眼前——还有一个星期我就要离开这熟悉美丽的校园了。迈步在沸腾的操场、行进在幽静的校园小径上、进入安静的教室、踏入庄严的会议大厅……点点滴滴的回忆宛在昨天:春去秋来,人小带给我的不仅仅是花草树木的芬芳,还有铭记于心的书香;不仅有足够的包容,也有老而弥坚的斗志……这些都是磨灭不掉的印迹。

犹记得参与学生科技节、体育节、读书节等丰富多彩的校园节日的愉悦,担任校园竞赛首席评委的荣光,登上学术报告讲坛的严谨,与老师们进行教科研讨论发言的"口无遮拦"……经历过的、沉淀下来的,是人小赋予我的宝贵精神财富。人和小学"和"文化的印记已经深深地烙在了我晚年的生命中,让我明白了"天和四季明,地和五谷生,人和千般好,家和万事兴"的真理,感受到了学校"和"文化的魅力。

在人和小学"和"文化的影响下,学校追求"融和式发展"。实践证明,这种发展不是一种简单浅表的视觉成果,而是通过各种教育因素的合力影响,在课堂和校园生活的点滴之中实现促进人的可持续发展的目标。

在语文课上,我经常看到老师们在上"习作课"时,把校园当作课堂,以草木为观察对象,与学生一起闭上眼睛,聆听大自然的声音,凝神注目,伸出手触摸……把观察到的事物如实画在纸上,配以简要的文字说明。学生喜爱这样的大自然课堂,画一片小叶,越画兴致越高,从一片叶子的萌发到叶子的荣枯;从各式叶片到各色花朵、花簇;从大丛花叶到整株大树……这种"语文"与"美术"的融合学习是一种综合体验,在体验中获知,在体验中成长。如此丰富的学习活动给予了学生"带得走的能力",为学生未来的发展奠定基础。

在数学课上,老师们大胆进行课堂改革,构建"和润"灵动课堂模式,每节课大都能做到"三个一":至少有一个学生提问的环节,至少有一个小组合作学习的环节,至少有一个自学的环节。在减少给学生集中授课的基础上,重视倡导学生自主学习,充分激发学生学习数学的内驱力,使学生逐步养成自主学习数学的良好习惯。

还有一个下课"瞬间"让我记忆深刻。一个阳光明媚的下课时分,四年级(2)班的走廊上,阳光重叠。一个小男孩对着地面,在打手势,想要做出动物的影子。旁边,有其他的孩子在跑着、跳着、喊着……这个小男孩却一点也不受影响,足足站了一个下课的时间。直到下节课的正式铃声响起,他才依依不舍地走进教室。班主任陈老师说:"我很喜欢孩子在阳光下这种专注的神态。"我突然想拿出手机拍下来,却发现手机没有带在身边,便把它记在脑海中。是的,孩子们笑起来的模样和专注做一件事的状态是最令人感动的。

在科学课上,孩子们的回答,有一些让人忍俊不禁,因为出现了一些在成人看来天真的"错误";有一些让我们赞叹,因为学生所表现出来的对科学的好奇心、科学观念以及科学思维,让我们不得不对10来岁的孩子感叹,后生可畏啊!其实那些"错误",听起来天真可爱,但细细想来,却是"对的",从他们的认知角度,所推理出来的结论都有据可依。这也许就可以解释,为什么在人和小学的课堂中,老师很少否定孩子们的看法,很少直接说"这是错误的",更多的是"将错就错",生成新的课程资源。这样的课堂是一种信任,教师对每个孩子充满期待,相信他们的能力与发展潜能。

十秩光阴似箭,百年岁月如歌。着眼未来,我深信人和小学将不断巩固、升华以"和"为核心的校园文化,新时代的人小校园一定会呈现"典雅环境、博雅教师、文雅学生、慧雅课堂、和雅制度、高雅追求"的美好格局。

人 物 档 案

刘文东,中共党员,重庆两江新区人和小学校教育顾问,重庆市名师、特级教师。公开发表教育论文70多篇,其中核心期刊论文10余篇;编撰公开出版教育学术著作和师生用书9部,主持或主研省部级教育类重点课题5项,获省部级教改成果等级奖7项。先后获得"重庆五一劳动奖章""全国模范教师"等荣誉。

人和小学—足球—我

下课铃声响起,楼道里传来了一片快速的脚步声。不久,在楼道的出口就能看见一群孩子像风一样冲到了操场。有的孩子口里还不住地喊着"快点,快点,我们班这边,你们班那边,一会又要上课了"! 于是,孩子们又开始了每次课间的必然活动——踢足球。要问现在我们学校什么场地使用人次最频繁? 那无疑只会得到一个回答——"足球场"。作为重庆市两江新区第一所全国足球特色学校,人和小学已建立起完善的梯队建设架构,有各年龄段足球梯队4个,常年开展足球训练的队员达到了全校学生人数的百分之十,全校学生参与足球相关活动达到百分之百。我们有完善的班级、年级足球联赛机制,每期校内足球比赛更是达到了百场以上。

——刘 希

时间回溯到2003年8月,一个刚从大学毕业的青年怀着激动的心情走出了人和镇教育办公室。因为刚刚他签订了人和小学的聘用合同,这就意味着从这一刻起,他就成为了一名光荣的人民教师。体育教育是他的专业,操场就是他的阵地,于是他独自来到了还处于放假中的人和小学操场。从用铁管焊接而成的学校大门进入,首先映入眼帘的就是一片土黄色,这就是学校的操场? 由黄土和沙石铺就,由于多人次的踩踏显得凹凸不平,油漆斑驳的两个篮球架相对立于操场两侧,向人们告示着这里是学校操场而不是临时停车场。没有宽敞整洁的绿茵场,没有足球门,更没有在操场中间踢足球的孩子。

开学后,区里组织教师参加区内职工足球赛我才了解到,原来我们单位就我一个人能踢足球,其他老师都打篮球。其实回想起来这个还是有原因的。当时周边的体育场馆建设还是非常落后的,足球场地的建设需要的资金压力比起篮球场的建设大得多,这就束缚了足球运动基础人口持续增长,而足球人口的不足又反过来把原来计划建设足球场馆的投入导向到了如篮球、羽毛球、乒乓球场地的建设上去,从而形成了一个恶性循环。再加上当时的技术落后,塑胶场地的施工还处于起步阶段,故而一直到2005年夏,我们学校才在一小块空地上铺设了不足五十平米的塑胶场地,上面架设了单杠、云梯、肋木等体育器材。

随着新区的经济和技术的不断发展,2008年,学校终于拥有了当时市内小学都少有的200米人工草皮足球场。然而由于学生对足球运动不感兴趣,课间活动时间他们更愿意去打篮球或者打乒乓球,足球场上除了做游戏的学生竟然见不到一个足球。这种现象一直持续到2009年9月,一次偶然,当时重庆市足协竞技部马渝昌主任从学校外经过,看到了空无一人的足球场感到十分惊奇。于是他带着试一试的心情走进了时任校长肖建新的办公室。半小时后,合作意向达成,学校成为了阿迪达斯市内足球联赛的新成员,而我作为全校唯一能踢几脚足球的老师,顺理成章地担任起了球队教练的职责。在组队一个月后,我们就迎来了第一场校际足球比赛,对手是去年的冠军大田湾小学。足球是一项时间加汗水的运动项目,毫无疑问,我们惨败——0比15,至今我任然记得孩子们当时低落的情绪和眼中打转的泪水。但我坚信,我们会回来的!

快速提高执教的水平无非两种途径:一种是走出去,另一种就是请进来。在向领导申请后,学校聘请了一名专职的足球教练,同时还积极和市足球协会联系,定期为学校孩子开展足球活动指导。2010年8月,我顺利通过了中国足球协会级足球教练员的学习与考核,正式成为了一名草根足球教练。事实证明有付出总会有回报,在2011年举行的重庆市青少年足球锦标赛9岁年龄组中,学校足球队以2比1战胜大同路小学,获得第八名的成绩,这也是有史以来人和小学的第一个足球市级获奖成绩。

有一总会有二,同一赛事,同一组别,2013年我们以3比1战胜曾经需要仰视的大田湾小学,打进了前四名。到现在我都还能记得当姚同学挑射,皮球越过对方门将进入球门锁定胜局的那一刻,一旁观战的肖建新校长像个孩子那样从凳子上跳起来的样子。在随后的2014年,学校又在该赛事打进了前三甲,终于在市内打响了名气!人和小学足球的崛起在区内逐渐形成了良好的社会效应,第一届和第二届区小学生足球联赛在人和小学举行,而我们学校也顺利地拿下了两连冠,得到了区教育局领导的肯定。鉴于学校的校园足球活动的良好开展和不断取得的好成绩,人和小学从2012年起,连续三年被评为重庆市校园足球活动优秀学校,2015年成为了全市首批、当时区内唯一的全国足球特色小学,我本人也在2012年被评为全国青少年校园足球活动优秀教练员。在以后的几年中,学校的足球活动得到了稳步发展,人和小学先后四次代表两江新区参加重庆市教委举行的学生足球联赛并取得了好的名次,在重庆市青少年足球锦标赛各个年龄段中先后十余次打入前八名,为上级足球特色学校输送特长生百余人次,受到了上级学校的一致好评。其中黄河川、李亮同学入选市全运会后备梯队,张旋、杰文丽、曾宝怡三位同学先后进入女子校园足球国家队,崔渝同学入选陕西省2025年全运会梯队。

2019年11月,经过了十年的磨砺,人和小学参加全国少儿足球城市联赛重庆赛区决赛终于成功登顶,获得十岁组冠军!目前学校找准机遇正致力于女足队伍的梯队建设,与市内专业机构通力合作建立起了全区首个全资的女子足球队,我们可以期盼人和小学的女子足球队在以后的日子里能带给我们傲人的成绩。

　　前路已往，后路可追也！相信在学校领导的大力支持与人小足球人的不懈努力下，人和小学的足球道路一定会继续走向辉煌！

人 物 档 案

刘希，重庆两江新区人和小学校教师，全国校园足球活动优秀教练。从事足球教学十余年，多次率领学校足球队挺进市各级足球比赛前八强，2019年率队获中国城市少儿足球联赛重庆赛区冠军。

陪伴中的成长

—— 刘孝强

时间:2021年6月9日

地点:教室

事件:午餐后我组织听写有误的同学重新听写,刚刚完成听写,同学正在收听写本,突然小冯跑到小罗座位上,一阵狂揍。小罗也不示弱,一阵猛抓,把小冯手背和手臂挠伤。这突如其来的状况,让我有些措手不及,反应过来后迅速分开两人。

我:(面对小罗)你和小冯有什么矛盾吗?

小罗:没有啊,这学期以前,我一直觉得我们相处还很好的呀。前天,不知道为什么小冯突然开口骂我,并且一直这样骂我,直到今天还一直这样,所以我就盯着他。

我:你认可小罗说的话吗?

小冯:认可。我前天心情不好就出去走了走,回来看到小罗了,就觉得看他不舒服,就骂他了。

过了一会儿,继续说。

小冯:小罗一来班上我就不喜欢他,并且班上多数同学都不喜欢他。

我:不喜欢,那么有没有具体哪件事情他让你不舒服或者是得罪你的,能举一个事例吗?

小冯:(想了一阵后摇头)没有。

我:今天怎么回事呢?

小冯:小罗总用那种眼神看着我,我就打他了。

了解到这里,我没有再继续,而是分别和两个同学进行对话。联想到近两周来小冯的一些言行举止,我决定先安抚无辜挨骂又遭"突袭"的小罗,小罗同学尽管平时有些执拗较真,但听我分析之后也没有再说什么,表示如果小冯以后不再骂他、打他,自己是可以原谅小冯的。

我再回过头开解小冯,这才是让我真正头疼的谈话。最近半月有余的时间里,小冯身上已经不是一次两次发生让我抓狂的事情了。"虾饺事件""躺地事件""撕书事件"等让我都感受到了他的烦躁焦虑,从刚才的谈话中他提到"心情不好,出去走走",能感觉到他的挣扎和自我调节,但似乎收效甚微。

回想四年级的时候,每堂课上小冯闪闪发亮的眼睛总是目不转睛地盯着老师,似乎不愿放过任何一个知识点的讲解；一些有难度深度的提问，他的回答总能做到简洁而精准，获得老师的点赞、同学们的掌声和赞许的目光；干净、整洁、规范的作业总是放展示台上成为同学们学习的典范……一切都表明，这是一个上进心极强又有自己想法的孩子。然而此时，看着眼前的这个眉头紧皱，撅着嘴巴，满脸都写着无奈两个字的孩子，我心疼无比。

是什么原因让他如此焦躁不安、心神不宁的呢？我要找出缘由，帮帮这个孩子，给他递上一架梯子或者一个拐杖，让孩子能够顺着梯子，借助拐杖从深陷的硕大的黑洞里爬出来，仰望蓝天，呼吸新鲜空气，享受美好生活。

于是，我联系了学校心理咨询室的邹老师，邹老师告诉我，要解决这个孩子的问题，我们要淡化孩子的一些过激行为和语言，另外需要联系家长，了解家庭情况，得到家长的配合才能更好地、有针对性地处理孩子的情绪问题。

我赶紧再一次联系上孩子的父亲（单亲家庭），和孩子的父亲再一次谈到孩子最近的状况，这是一个很有责任感的好爸爸。他谈到，上五年级后，给孩子报的课外班的确有点多，小升初的确给孩子带来了一些压力；加上小冯长期和爷爷奶奶生活在一起，他长期没有在身边，孩子缺乏关爱的同时紧张的情绪没有得到释放，才造成现在这样的状况。但得知孩子的情况后，他也一次次联系了专业的心理咨询师，他也谈到淡化孩子的言行，同时因为他在外地上班，自从我第一次告知他孩子的状况后就注意每天晚上和孩子视频，周末赶回家陪伴孩子，带孩子参加户外的运动，同时减少孩子的各种补习班，减轻孩子的学习压力。

孩子是幸运的，遇到了专业的邹老师引领，遇到了能及时处理又关心爱护他的好父亲的陪伴，还有身边一大圈能够包容、理解他的好同学、好老师的关爱。慢慢地，经过一段时间的调整，小冯的情绪逐渐稳定、温和下来。笑容重新回到了他的嘴角，欢愉又回归了他的身体，他又能像从前一样与同学打篮球、打乒乓球，一起讨论喜欢的电影人物，一起讨论学习中的焦点问题了……到2021年7月从人和小学毕业的时候，小冯顺利考上了两江新区西师附中。

在2021年教师节和2022年春节的时候，小冯发来"老师，节日快乐"的祝福语，虽然简短，带给我的幸福却满满当当。我回复：不忘彼此，相互陪伴，一起成长。

让我们祝愿并相信小冯一定会越来越好。

人 物 档 案　刘孝强，重庆两江新区人和小学校信息中心主任，小学一级教师。多次评为"优秀辅导员"，获全市机器人创意比赛一等奖、全市中小学生电脑制作一等奖，连续三年获全市多个物流机器人比赛一等奖，连续三年获全国物流机器人比赛一等奖，获全国中小学生信息技术物联网设计一等奖。

携手前行 共同逐梦
—— 教研组温暖的故事

　　我们教研组由三年级四位语文教师和四年级五位教师组成,是团结的"九口之家"。在这个大家庭中,每每演绎着温暖的故事……

—— 刘　馨

齐力备课

　　备好课是上好课的前提。校本教研时,我们同心协力把常规的教研工作完成后,同年级的老师们就在一起备课,不仅讨论教学目标的设置、课后思考题与文本的融合,还有本班学生的学习情况……不管是经验丰富的教师还是年轻的教师,大家都积极发言。"《黄继光》这篇课文太长了,上课时不能面面俱到,不然一节课根本上不完""可以让学生勾画人物的语言、动作的句子,反复朗读,体会人物的英雄气概"……如此集思广益的备课,让教学设计更加完整,课堂活动异彩纷呈,学生学习活动也更加真实。

接受年级视导

　　上学期三年级和四年级都接受了学校的年级视导活动。一接到通知,我们同年级的几位语文老师就开始翻阅课本选择上课的内容,并一起讨论这堂课教什么以及实施的语文要素策略。"我准备上《在天晴了的时候》……""你可以抓住描写的景物及表达方法来体现诗歌的特点。""你可以让学生找出文中的押韵的字来体现诗歌的特点。""我准备上《墨梅》。""你可以……""你还可以……""张老师,我的课件这里怎么修改?""陈老师,这个朗读怎么下载不了?"就这样我们互帮互助,努力为学生呈现高效课堂。上好每一节课,教会每一个学生。我们,在行动!

青蓝携手

　　"张老师,我们班有个学生不吃午饭,喊他也不听,该怎么处理呢?""刘老师,我们班有几个屡次不完成作业的学生,有什么高招呢?""邹老师,有家长不支持我的工作,我该怎么处理呢?""胡老师,你看看这道阅读题答题要点完整吗?"空堂时,下课了,老师们依然也没有停歇。

新教师正利用课余时间抓紧机会向老教师请教问题,而经验丰富的老教师也毫不犹豫地将自己多年的经验倾囊相授。年轻教师需要老教师的班级管理经验和教学经验的帮助,老教师需要跟着年轻教师更新教育理念和提升教育技术。这样的青蓝组合无疑为我们互相学习提供了很大的便利。

给工作加点"糖"

众所周知,小学教师的工作是繁琐的,但并没有因此把我们变成"苦行僧"。在工作间歇,时不时都有人提出分享一下大家感兴趣和开心的事情。"今天的热搜是什么呢?""说一说你们开心的事情呀?""说一说你们班上哪些学生进步了。"大家你一言,我一语,工作的琐碎烦躁,学生不爱学习、不守纪律带来的坏心情,在欢笑中烟消云散了。

在这个温暖的大家庭里,有花有果,有笑有泪,我们教学相长,教研共长,我们一起唱着属于教育原野上的那支歌,为学生的成长创造一片蔚蓝的天空。

人 物 档 案

刘馨,重庆两江新区人和小学校教师,一级教师,两江新区小学语文骨干教师。曾获"高新区优秀教师""北部新区小学语文骨干教师""两江新区优秀班主任"。多篇论文在国家级、区级、市级获一、二等奖,辅导的学生习作、朗诵等在国家级、区级、市级获一、二等奖。所带班级曾获得重庆市"书香班级"。

平凡朴实　简单无华

2022年，人和小学已建校100年了。在此，我校将迎来建校100周年华诞。百年人小，历久弥坚，薪火相传，立德树人已为根本，育才兴邦时显担当。一代又一代人小师生朝气蓬勃，热情洋溢，在校园、在社会绽放出绚丽的青春之花。厚重的历史传承，立于科技创新的前沿，百年老校，更加从容自信。天地人和，和润育德，课程革新，特色发展，铸就了这片美丽校园。传承人小精神，不忘初心，牢记使命，百年荣光，凝聚智慧，共庆华诞。

—— 刘勇义

在人小这个大家庭里，每天与同事们朝夕相处，大家亦如同亲人，相互帮助，相互学习。在我身边，有许多同事是我学习的榜样，在人小百年庆祝这个特别的节日里，我想赞美他们，夸夸他们。面对着熟悉的同事，他们爱岗敬业，团结互助，喜爱专研，关爱学生……虽然没有轰轰烈烈的伟大事迹，却实实在在，真真切切。任劳任怨、默默奉献的精神品质和他们身上散发出的个人魅力，朴实而让人感动。

在我眼里，鄢运利老师是我最敬佩的老师。鄢老师本来可以享受美好的退休生活，但她却选择了延迟退休，仍坚持在三尺讲台。她几十年如一日，而今在热爱的教育工作中备课、上课、批改作业，与学生交流……工作的平凡没有使她的生活失去色彩，她在平常、平凡、平淡的教学中，让自己的生命鸣唱出最美妙动听的天籁之音，这样的生活应该美丽。

教师这个职业平凡朴实，简单无华，工作艰辛，很多人都望而却步，而她却坚守清贫，踏实教书。她平时最喜欢的一句格言是：把每一件平凡的事做好，就是不平凡。在教学工作中，她处处实践着这句格言。人们常说："教师无小节，处处皆楷模。"她深深懂得"身教重于言教"的道理，惟有自己的为人师表，以身作则，才能为学生树立道德准则的标杆，促使学生言行的统一。因此，在平时的教育中，她凡是要求学生做到的，自己首先做到。凡是不让学生做的事，她带头遵守。每天放学后，我们总能在办公室里看见她备课的身影。当学生出了问题时，她不会因为成绩的好坏而批评，总是耐心讲解，理解、包容学生。她不仅关心孩子们的学习，还注意留心孩子们的生活，她经常走到学生中间，嘘寒问暖。对于那些家庭贫困的孩子，她总是伸出援助之手，献上一点微薄之力。她的生活因为融进了甜蜜芳香的教育事业而变得绚丽多彩！

作为一名即将告别讲台的老教师，她理解"业精于勤，荒于嬉"的道理。她在工作中非常关注教学改革方向，注重提高课堂教学效率，加强对学生实践能力培养的有效性和针对性指导，逐渐形成了自己的教学特色。她全身心投入教学研究之中，认真备课，把握教学的重点和难点，遵循教育规律，精心设计教学环节。为了激发学生的学习兴趣，她巧妙地制定了课堂上的奖励加分制度，并得到了孩子们的积极响应，课堂上孩子们的积极性有了明显提高，同时自信心也增强了。班上厌恶学习的孩子渐渐地爱上了她的语文课。为了让孩子们牢固掌握、灵活运用已学过的知识，每单元的过关测试她都认真批阅，一个班的学生很多，学生的基础参差不齐，仅反映在卷面上的错误也是千奇百怪，无所不有，批阅时她都做好详实的原始记录，这样就能在讲评课上有的放矢，同时又可作为课上和课下对学困生辅导的依据。尽管这样做会投入很多的精力，但为了让学生多提高一些，她义不容辞，从无怨言。

在人小，还有很多优秀的教师，他们的故事令人感动，他们在默默无闻地付出。"落红不是无情物，化作春泥更护花。"从教几十年来，他们未有过惊天动地的壮举，也没做过感人肺腑的大事，所做的都是平凡而又微不足道的小事。或许这些不够伟大，正因为这些平凡，他们才更加美丽动人！传承人小精神，是一代又一代人小教师传道授业解惑，从青丝到白发，从晨钟到暮鼓。百年人小，未来可期！

人 物 档 案 刘勇义，重庆两江新区人和小学校教师，小学一级教师。从事教育工作28年，一向担任语文教学兼班主任工作。用心经营着教育，用爱温暖童心，引领孩子沐浴阳光，引导孩子浸润书香。

做最好的自己

让时光的齿轮拨回到2006年的夏天，那年我29岁，人和小学是我从教的第五所学校。

——罗凤仙

带着对未来的憧憬、对人小的期待走进校园，一切都那样地让人心潮澎湃！大会议室里装裱着"人化自然 和润于心"八个毛笔大字，让我感觉到人和小学深厚的办学理念；走廊两侧悬挂的一幅幅学生的软笔书法作品，让我感受到人和小学浓浓的艺术气息；教学楼上"少年强则国强 百年人小铸辉煌"的金刚大字，更让我感受到人和小学掷地有声的力量！开学典礼上，我和新进的老师们共同表演了一个诗朗诵——《做最好的自己》。未曾想过，从这一个朗诵开始，"做最好的自己"成为了我经常鼓励学生的一句话！

初接一年级，我手忙脚乱。一个机灵的小男孩闯进了我的视线，上课前到办公室热情地接我；上课时聚精会神听讲；下课后更是积极当一条小尾巴跟在我身后，一直"送"我到办公室才肯离开。他什么都好就是声音长期处于沙哑的状态。音乐课上，每每他要展示自己，小朋友们都会发出稚嫩的笑声。一次两次三次四次，一天两天三天四天……渐渐地我发现他举手的次数少了，热情的身影也模糊了。

一天下课，我借故让他帮我拿光碟到办公室，一路上我们边走边聊。他慢慢对我吐露心声，觉得自己不适合唱歌，有些失落，想把自己的歌声藏起来。是的，此刻不要把他当作小朋友一样看待，他和我们都一样，都有一颗积极向上的心，有一颗渴望被肯定的心。我告诉他，每个人的歌声都是独特的。有的像百灵鸟儿一样婉转优美；有的像小花猫一样温柔细腻；有的像小老虎一样粗旷有力。而他，就是那一只正在成长的小老虎。不必羡慕别人，也不必模仿别人，学会轻唱细说，慢慢养成良好的用嗓习惯，按照他自己的节奏慢慢去成长，慢慢去进步，成长为最好的自己！

第二天清晨，我刚进办公室小男孩就跟进来，手机拿着一盒"金嗓子喉宝"送给我说："老师，您每天都唱很久的歌，嗓子肯定很累，需要保养。我妈妈在药房上班，我请她帮我买的，听说吃了它歌声会更美！"

后来的音乐课，我有意无意地给他展示的机会，也给孩子们讲解声音的多样性和变化性。慢慢的，那双小手又高高举起了……

重庆市音乐教研员胡苹老师说过，"音乐课的学习不能把孩子们都培养成音乐家歌唱家，但保持对音乐的兴趣，在未来的某一天你愿意买一张音乐会的门票去感受它的美妙，我们的音乐教育就成功了！"是啊，如果你成不了大道，那就做一条小径；如果你成不了太阳，那就做一颗星星。保持一颗积极向上的心，努力向前做最好的自己！

人 物 档 案

罗凤仙，重庆两江新区人和小学校教师，两江新区音乐骨干教师。多次获得区县音乐学科现场赛课活动一等奖，重庆市教师技能大赛二等奖。2017—2020参与重庆市两江新区谢晓梅名师工作坊学习，期间参与"快乐歌唱"市级课题研究，主讲的"发声练习在小学低段音乐课中的应用"被教育部"国培计划"录用。多次指导学生合唱、集体舞、演讲比赛获市区级一、二等奖项。

在人小书写的故事

夏天以雨为序章,蝉鸣为背景,离别为正篇,相聚为结局,如同我在人小六年一个篇章的童话故事。故事里的主角就是那群肆意汪洋的孩子,仿如夏天的血气方刚,喜怒哀乐尽情尽兴,只有在经历过一地落花、满地黄叶后才能体会其清凉与婉约的学生。随着空气中水分子的不断聚集,气压越来越低,一场蓄力良久的暴雨如约而至。

——罗　敏

七年前九月的星期二,犹记夏雨初歇,天空澄净,于我而言还是陌生得令人心悸的校园,隐隐约约散发着桂花的香气。怀揣着无限憧憬与欣喜,夹杂着些许忐忑与惶恐,我在底蕴沉厚的人小开启了我的职业生涯,迎来了自己的第一届学生。期待与一群小天使的初次邂逅,猜想他们会不会给初出茅庐的我一个下马威? 他们是不是书里满眼求知若渴的孩童? 或者他们一开口就是未脱稚童的奶声奶气? 从教室门口到讲台中央的几步已有万般思绪蜂拥脑门,我尽量深呼吸,以免紧张情绪从鼻息间溢出。好在百事顺遂,在师傅的指导和帮助下,我的教学生涯拥有一个不错的起跑,我和我的第一届学生也给童话故事书写了一个美好的序章。

记得第一个教师节,你们用稚嫩的笔触,歪歪扭扭地在参差的纸上毫无保留表达着对老师的爱,那些夹杂着拼音和错别字的祝福被我收纳在储物柜里,总是不舍丢弃;记得第一次运动会,失利的你们痛哭的模样,第二天你们就自发组成了训练小分队,一批人专攻跑步,一批人专攻跳绳,说是下个运动会一定要拔得头筹;记得那年冬天感冒嗓子"冒烟",你们默契的安静,第二天一早就送来感冒药、润喉糖;记得你们总是追着问我生日,在一个早晨走进教室映入眼帘的是满黑板的祝福和你们一天的乖巧;记得课间你们拥着排好队给我捶背的模样,还很神气地自夸手法得到了全家认可;记得我不经意地嗔叹红笔没墨了,你们就开启了以各种名目送红笔的小把戏;记得你们小心翼翼地捧着一颗樱桃或是一颗葡萄蹦蹦跳跳送到我眼前;记得你们把我写进作文,肆无忌惮展现对我的偏爱;记得你们一惊一乍地跑到办公室告状的样子;记得你们屁颠屁颠地跟在身后想要帮我抱作业、拿水杯的样子;记得和你们一起努力拼搏,庆祝收获的样子……当然故事里也有暴跳如雷,气急败坏,但似乎被时间冲刷得悠远飘渺,剩下这些琐碎的美好与感动历久弥香,成了最闪耀的珍珠,串联起我的第一个教师生涯的回忆。

六年，我的故事主角们从一群孩子成长为婷然的少女、巍然的少年，我亦从一个"初生牛犊不怕虎，未谙教法亦教书"的新教师，变成了"巍然自若，处事不惊"的半老同志。最后一天，目送他们走出校门，看着一个个身影转角，消失在视线里，百感交集。回望过往，有时它是花木掩盖的一片幽深静谧，有时它是阳光普照的一方小池，有时又是暗流涌动的江河，也正是那些深深浅浅的印记，铸就我们别样的故事。

毕业后，时常有学生到学校寻我，或来家里做客分享初中生活的喜怒哀乐。每每与他们重逢，我都沉浸在相聚的喜悦中，同时也祝福他们在前行路上能有良师益友，能展翅飞翔，也能行稳致远。我深深地明白，在时间的秩序里我已完成交付，即使再多不舍，情感的天空并不由我取舍。师生如同母子，也是一场接一场的目送，你不必追，他们必须学会适应新生活才能和世界友好相处。

情至此处，大雨停歇，干涸的大地终于迎来了久违的湿润，忙碌的人儿也终得惬意的凉爽，整个城市都在感恩这片及时降落的浓云。是啊，一场大雨如果落在久旱的大地，那便是馈赠，一朵鲜花如果住进了春天，那便是幸运，一个人如果遇到援手那便是荣幸。人生路上少不了遇见与失去、重逢与分离，感恩人生中每一位帮助、陪伴过自己的人，感谢每一位让我牵肠挂肚的学生，与你们的每件小事都值得用心珍藏，都值得以最美的姿态加倍珍惜。就像书中所言，一个平凡的、渺小的人无法改变这个世界，但个体可以发出微光。对遇见的孩子好一点，让他忆往昔时嘴角能露出一丝微笑，心里能流过一股暖流。

我将继续书写我在人小的童话故事。

人 物 档 案

罗敏，中共党员，重庆两江新区人和小学校教师。所撰写的基础课程改革论文获得市级二等奖，指导学生征文比赛多次获得校级、市级一等奖。

温　暖

家是我们的住所,是能给予我们力量、给予我们温暖的地方,是我们的避风港。人和小学,我工作的地方,也是能给予我温暖的第二个"家"。

—— 牟思平

去年三月,自己不小心把右脚的脚踝扭伤。差不多三个月才恢复。那段时间脚踝疼得厉害,右脚不敢落地,也不敢触碰,只能悬空,靠拄着拐杖上班。扭伤后第一天早上走进校园,都是同事们关心的眼神和关切的问候。"怎么啦?""疼不疼?""小心一点!""不要被孩子们撞到,千万不要第二次受伤!"听着同事们关心的话语,内心有一种莫名的滋味! 去往食堂,由于拄着拐棍,不方便自己推门,还没等自己开口叫同事帮忙拉开门,同事就已经把门拉着,以便我能轻松进入食堂。进入食堂还没等我落座,一个声音就响起:"你喜欢吃什么? 我帮你取餐吧!"

由于课间活动无法参加,于是向学校领导说明了情况。不一会儿,杨校长亲自来到了我所在的班级,询问了我的伤情,并叮嘱我要注意休息。

一进入办公室,办公室的同事已帮我把凳子推到我落座的地方,帮忙放好拐杖。当我拿出杯子准备去接水时,同事见了,立刻去帮忙接好水送过来。那段时间在办公室听得最多的话就是:"牟老师,需要帮忙就说一声哈!"

上课时,由于右脚既不能落地,也不能触碰,拄着拐杖又无法板书。于是就将右腿跪在一个凳子上上课。可是跪得太久,坚硬的凳子把膝盖硌得非常疼,跪一会就要挪动膝盖,以减轻膝盖的疼痛。也许是细心的孩子们观察到了这个细节,一个聪明的孩子问:"老师,您是不是膝盖跪疼了?"我只有无奈地点点头。本想让孩子到办公室帮我拿个垫子,可另一个孩子二话不说就将自己用了一半的一包抽纸送到我的面前,放到了我的膝盖下面,说:"老师,用这个垫着可能会舒服一点"。垫着孩子送上来的那包软软的抽纸,膝盖已经感觉不到疼痛了,仿佛垫着的不是餐巾纸,而是一种可以止疼的药包!

午餐时,我们会在教室和孩子们一道进餐。本准备找个能干的孩子帮我打饭,还没等我说话,就已经有许多孩子围在我身边说:"老师,我帮您打饭吧!""老师,我帮您盛汤!""老师,我帮您拿筷子!"就这样,我在孩子们的帮助下愉快地完成了午餐。

　　为了尽量不上下楼梯，我就会一直呆在教室。就这样过了大概两三天，由于右腿不能落地，只能悬空，于是右腿一直处于一种用力的紧张状态，开始不断地抽筋。抽筋时的那一阵阵疼痛，让我的面部表情也随着疼痛的节奏扭动起来。为了减轻抽筋时的痛苦，我会不停地揉动右腿，希望能够缓解那种疼痛。孩子们见状，就会围过来，有的帮我按腿，有的帮我捶背，还有的给我讲笑话……

　　不记得是扭伤后的第几天放学后，我拄着拐杖准备从Z栋的二楼下楼回家。刚到楼梯口，我发现Z栋的楼梯比ABC栋的楼梯要陡一些。正犹豫要不要从这边下楼时。一个声音响起："来，我背你下楼！"转身一看，是和我同龄的刘勇义老师。看着个头矮小的刘老师，再想想我偌大的块头，连我老公背我上医院时都累得气喘吁吁，更不要说瘦小的刘老师啦！虽然刘老师一再坚持，但还是坚决拒绝了刘老师的好意！看着刘老师离去的背影，一股暖流涌上了心头……

　　就这样，在领导、同事和孩子们的关心与帮助下，我的脚踝渐渐恢复了健康，虽然这三个月有诸多的痛苦与不便，但是大家给予我的关心与温暖让我似乎忘却了那些痛苦，心中只有一阵阵的温暖与感动，感动自己能在这样的一个有爱的大家庭里工作与生活，我真幸福！

人 物 档 案

　　牟思平，中共党员，重庆两江新区人和小学校教师，区级语文骨干教师。撰写的教学论文多次获得国家级、市级一等奖。参与主研的市级课题获得重庆市人民政府颁发的教学成果一等奖。辅导学生的科技作品、征文多次获得国家级、市级、区级一等奖。先后获得区级、校级优秀共产党员11次，市级、区级、校级"科技教育优秀组织工作者""优秀教师""优秀辅导员"10余次。

时光的陪伴

　　一墙时光刻画过的红砖,一幢三层的砖红色教学楼,槐树荫掩映着的教室里,老师们的谆谆教诲仿佛还在耳旁回荡。我的母校是人和中心小学,它陪伴着我成长的时光,我是它万千学子之一。记忆中那一缕缕明亮的绿意,迎来炎炎夏日的丝丝清凉;一阵阵轻盈的微风,吹拂着我们自由自在的微笑脸庞;一声声啾啾鸟鸣,便是我们朗朗书声最美的伴奏;一声声轻快的欢笑,在校园里欢腾回荡……

—— 唐贵萍

　　记忆中的那棵槐树,是红色教学楼旁的一棵高大树木,它刚好伫立在我们教室的窗外,总是在炎炎夏日里舒展着茵茵绿叶,摇摆着绿意盎然的枝条向教室里的我们招手问候,恰似老师们挥着温柔的大手同学生们殷殷嘱咐一般。它一直矗立在我小时候的红色教学楼旁,风雨无阻地、安静又极富耐心地倾听我们朗朗的早读声,倾听每一个人小学子的心声。它总是那么亲切地陪伴着我们、呵护着我们,如同我们的老师一样耐心地陪伴着、呵护着我们长大。

　　曾记得冬日里那一场纷纷扬扬的大雪,带动了整个校园的欢笑,让寒冬里的校园完全沸腾了起来,老师和学生们的欢笑声回荡在校园里的每一个角落,校园里一根根银白的枝条纷纷颤动着笑意,重庆居然下雪了! 远远望去,校园的小操场上,雪已经积了厚厚的一层,踩上去软软的,很舒服。同学们顾不得天冷,下课铃声就像体育老师的口哨声,男生女生们像离弦的箭一般纷纷冲出教室外,跑到操场上玩雪。一张张小脸冻得通红,一个个小耳朵也又红又冷,戴着手套的和没戴手套的同学们谁也顾不得寒冷,在寒风中纷纷打起了雪仗,你扔一团雪球过来,我扔一团雪球过去,场面十分欢乐。有的同学跳起来,把树枝上的雪打下来,雪落进了树下同学的脖子里,大家哈哈大笑着,互相追逐着,欢笑声不绝于耳。当然,还有几位辛勤的老师,他们生怕学生摔跤,冒着寒冷,用冻得通红的手拿着铁铲把雪铲成一堆堆的,嘴里还不停地叮嘱玩心大起的同学们:"孩子们,小心点儿,注意别摔跤了哟!"

　　上课的预备铃响了,玩雪的欢乐暂停了,同学们依依不舍地回到教室里,期待着下一个课间十分钟。咦? 教室里怎么少了几个人,他们去哪儿了呢? 同学们议论纷纷。老师一进教室就发现了不对劲,娓娓说道:"大家今天玩雪很兴奋,是不是忘了静息呢?"一个同学说道:"有几个同学还没回教室。"老师扫视了一下教室,担心地问道:"还有几个同学去哪儿了呢? 有谁知道他们怎么还没有回教室呢?"大家都说不知道,老师带着审视的目光再次看向大家,过了一会儿,有一个同学小声地说道:"他们好像去学校外面的菜地里了!""……你去把他们叫回来。"老师派了一位同学出去叫人。其实菜地就在我们教室的窗外,于是,有几位同学在窗户边叫着同学的名字让他们回教室。果然,不一会儿,几位调皮的同学回来了,老师询问他们听到铃声没有,为什么不按时回到教室,其中一位低着头小声说:"老师,我们看见窗外菜地里的白菜叶里藏着冰块,平时我们没有见过大自然中的冰块,只吃过冰棍,所以我们想玩冰,因为没听见铃声,就回来晚了……"教室里的其他同学们坐得端端正正,大气也不敢出,原以为会迎来老师严厉的批评,却只听见老师语重心长地问:"那你们是怎么出学校去到菜地的?"几个学生你看看我我看看你,最后有一个声音喏嚅着回答:"我们是顺着靠窗这棵槐树爬出去的……"大家都震惊了,老师的表情也一样。我们都坐得端正,屏着呼吸,悄悄地看向老师,等待着老师的严厉批评。没想到,老师的脸变了又变,最终温和又不失严厉地说道:"我知道你们有着强烈的好奇心,这种对大自然的好奇心其实也是求知欲,我很理解,也支持你们用合理的方式去探索。但是,你们知道出校门可能遇到什么危险吗? 爬树也危险,如果不小心摔下去,又是什么后果呢? 这些你们想过没有呢?"几个同学低着头,不说话。老师接着讲了出校门和爬树可能会遭遇的危险,然后给我们讲了关于冰雪的诗词和关于天气的谚语,这节课,连平时最坐不住的学生都听得津津有味,也明白了安全的重要性以及面对事情要运用合适的方式去做。下课前,老师破天荒地问大家:"你们还想不想研究一下冰? 如果想的话,我们一起去菜地里看看。""太好了!"大家欢呼起来。"但是,我们先要征求农民伯伯的同意,不能随意踩踏菜地,我们可以观察和探索菜地边上白菜里的冰。"现在回想起来,我很庆幸成为人和小学的学生,老师鼓励了同学们对大自然的热爱,同时又指引了正确的做事方式,加强了同学的安全意识的同时,也保护了同学们的好奇心、求知欲和探索精神。人和小学的老师循循善诱,既严厉又温和,孩子们在这里成长是健康快乐的。

善良与正能量,是一个人最根本的底色,也是一个社会需要的暖色,人和小学教会了我们。去敬老院帮助老人的情境还在脑海里回荡,为人和街道打扫卫生的场景仿佛还近在眼前,一幕幕向上向善的电影至今还记忆深刻,一次次激情飞扬的爱国游行让祖国二字深深地刻画在每一个人和学子的心中……人和小学是理性的,也是感性的,她让我们在知识的海洋里遨游的同时还教会了我们人生的道理,陶冶了我们的美好情操,引领我们走向人性的真善美。

时光荏苒,如今的人和小学已经100年了。百年老校,百年变迁,辉煌依然,百年传承,一往无前,永不停歇! 她像一位慈母,为祖国培育着一代又一代的人才,她辛勤付出,不计回报,默默奉献。如今,我的孩子也在人和小学上学,在这里汲取着源源不断的养分,健康快乐地成长着。我和我的爱人也成为了人和小学的老师,接过一代代老师们的"接力棒",继续奉献,发热发光。我们,也成为了时光的陪伴者,陪伴着孩子们美好的小学时光。

时光陪伴我的成长,至今还伫立在学校后花园的那棵老槐树依然生意盎然,仿佛人和小学的所有老师们一般,总是无怨无悔地陪伴着人和学子的成长,它仿佛在告诉我们,不忘曾经的时光。它仿佛也在不断督促我,时刻不忘自己肩上的责任。

人 物 档 案

唐贵萍,重庆两江新区人和小学校教师,一级教师。曾获区支教"先进个人"、区事业单位工作人员突出贡献嘉奖,人和小学"优秀教师""优秀科技工作者""优秀科技辅导员"等荣誉称号。撰写的教育教学论文多次获得国家级、市级的一、二、三等奖,个人科技作品曾获得市级、区级一等奖。多次辅导学生参加各类比赛,获得国家级、市级、区级的一、二、三等奖。

我身边的人小故事

> 我来到人和小学已经有六个年头了，在这六年里我遇到了各种各样的人，也遇到了很多令我感动的事。

—— 田 茜

人和小学是我毕业之后来到的第一所学校，所以对学校我有着说不清、道不明的情感。因为是这所学校给了我安全感，让我在茫茫人海中找到了人生的第一个方向。我的学校不大，但很有文化氛围，还记得刚刚考上公招的时候，我和家人坐着公交车从民心佳园来到人和就是为了看一眼属于我的学校。那天下着小雨，我们撑着伞在路边走着，可不知道为什么就是找不到学校，突然一阵大风迎面刮来，把我们向相反的方向刮去，于是顺着风，我找到了这所学校，我想这就是我和人小的第一个特殊的缘分吧。

后面学校的领导们开始陆续给我打电话，关心我的生活和学习，再一次让我觉得这是一个充满爱的家庭，刚入职场，我还是一个什么都不懂的新人。校长、副校长，还有教务处主任都给了我极大的帮助，去录课的时候，由于是第一次，我很紧张，坐在下面的领导一直在给我打气，鼓励我，还给我提供各种资源。安装有线电视的时候我也是一头雾水，当时还是暑假，我怀着试一试的心态问了一下领导，没想到领导马上回复我，还给我说："你先联系下这个负责人，如果他一直不给你弄你就马上给我说，我来想办法。"我瞬间觉得心里暖暖的，学校里的每一个人都是我的家人，让我非常有幸福感。

后来我怀揣着一颗忐忑不安和激动的心走进了学校。从备课、上课到赛课，我的行程很满，每天充实而快乐，我作为一个新人慢慢开始摸索。特别让我感动的是英语组姐姐们对我的帮助，可以说没有她们的指点和帮助，我根本无法进步，也完全不知道怎么去上课。她们每个人没有丝毫吝啬，毫无保留地把她们的经验传授给我。有时候我比较内向，不怎么经常开口问她们，她们总是鼓励我，甚至主动问我需不需要什么帮助，在这样的团队里，我不仅成长得很好，还和她们成为了生活上的朋友，我们的办公室永远都是大家幸福的港湾，工作或者生活中有不如意的，大家都是相互鼓励、相互倾诉，平时有什么事情大家都是精诚团结，在这样的大家庭里，我瞬间觉得自己就是最幸福的人了。英语组的姐姐们，我从来都不叫她们老师，都是叫她们姐姐，甚至有时候直接称呼她们的名字，她们不仅让我知道了什么是学高为师身正为范,还让我知道人生需要活得精彩,需要活出自己的个性。对我而言,他们不仅是良师益友,更是我在学校的亲人。

有了英语组姐姐们的不遗余力,我也逐渐进入了状态,最让我值得骄傲和自豪的是遇到了一群天使一般的学生。他们是我的白月光,也是我的第一届学生。我喜欢他们每一个人,他们每一个人都带给了我惊喜。他们调皮,却依然在做错事之后来找我交流,从来不记仇。他们活泼可爱,每次英语课都是激情昂扬,看到他们我觉得所有的劳累都值得了。有一个孩子回家没听读,课上我忍不住批评了他,课下我问他:"老师凶吗? 你恨我吗?"谁知小小年纪的他仰着头真诚地告诉我:"怎么会,老师这么好。"还有一名女同学因为没交作业被我批评了,她很难受,但是也知道是自己错了,下课之后忍不住流下眼泪坚定地告诉我:"老师,我下次再也不会忘记做作业了。"我还记得因为自己的原因有一个学期没有教他们,开学回来的时候,孩子们见到我都忍不住开心地鼓掌。后面家长告诉我孩子们看到我回来了好开心,回家告诉爸爸妈妈:"我的老师回来了,又要来教我们了。"那一刻,我作为一名教师的幸福感油然而生,我也对得起当年读师范专业的初衷。后来孩子们毕业了,他们还是经常有空就来看我,用微信或者QQ和我互动,和我谈人生、谈理想。所有的幸福和感动都是人和小学这个大家庭给我的。

我在人和小学也收获了最珍贵的、最真挚的友情。一起进来的缘分让我们成了彼此的依靠,我们成了无话不谈的朋友。在学校我们互相帮助,在生活中我们一起大笑。在学校永远都是彼此最珍贵的依靠,代课都是谁有空就去,学生不听话我们也是一起想办法。我们看着彼此一起进步,也见证了我们友情的一步步升华。有时候我总是在想,要怎样的缘分才能让我们今生能成为彼此"臭味相投"最好的朋友。我很珍惜在学校这样的大家庭可以收获如此珍贵的友谊。

人小,我永远的家,我人生重要的港湾,我成长的摇篮。和学校的缘分也许就是从一开始就注定的吧,愿我们彼此都能开心愉快地成长。

人 物 档 案

田茜,重庆两江新区人和小学校教师。从教6年,她热爱教育事业,尊重孩子的心理发展规律,循循善诱,执教期间,工作兢兢业业,注重学生思维品质和学习态度的培养,多次在区教学水平大赛中获奖。

一个大家庭

社会是一个大家庭，我们每个人都是其中一分子。团结、互助、友爱是人生必不可少的道德品质，更是我们人和小学的一道风景线，只有拥有这种优秀的品质，我们才能有机结合起来，担当起建设祖国的重任，社会才能和谐发展。

—— 童 健

齐心协力

在我们人和小学的校园里，就在我们身边，团结互助友爱的行为随处可见。比如在每年的学校运动会中，我们举行了别开生面的拔河比赛。同学们欢呼、跳跃，靠的是什么？是我们同学一颗颗无比团结友爱的心，想为班上争得荣誉。所以在非常紧要的关头，大家齐心协力、心往一处想，劲往一处使，动作协调，终于在那心惊肉跳的一瞬间，拼尽全力取得了胜利。不容易呀！这就是团结合作的力量！

谦让与容忍

在我们校园生活中，也时常有一些不和谐的事情发生。有这样一个感人故事，前不久，我们班的两位同学因为一件"芝麻大点儿的事儿"而伤感情。一个同学在做操时无心地用手碰到了前面的同学，前面的同学以为是后面的同学在逗她，就打了后面的同学，于是，他们就这样你一下、我一下真的打了起来。要不是同学及时制止，还不知会打成什么样呢。从那以后，他们互不理睬，有时还要找点小事报复、吵架。这件事一直延续了几个星期，其中一位同学还想转学呢！多亏同学把这事告诉了老师，老师把这两位同学请进了办公室，对他们进行了严厉的批评和耐心的教育，并且这两位同学也认识到了自己的错误，后来还成了互相帮助的好朋友。要是同学间互相谦让，互相容忍，宽宏大量，就不会有这些不愉快的事情发生。

和谐共生

让我们多一份关爱，少一些争执，多一份真情，少一些矛盾，让生活中不和谐的音符通通消失，让我们用团结互助奏出美妙的交响乐！让我们的社会、我们的校园充满和谐，让我们每一个同学在和谐的环境中茁壮成长。让大家在这个温馨的大家庭中快乐地拥抱着，让我们感受到人性之善良的互通。频繁的亲情往来让我们激动不已，与人真诚交往是我们的优良品质和健康心理素质的具体表现。未来社会对人才的需求是多方面的综合素质,尤其是与人合作的意识尤为重要,这种合作意识产生于从小与同学之间的团结友好交往中。能够倾听别人的意见是一个人的优良品质,虚心向别人学习,多发现别人的优点,这也是团结同学的一个基础。人与人友好相处是一件很愉快的事情。随着科学技术的高速发展,更加需要人们学会与他人合作、共处。一次游戏,一次中队活动,一次打扫卫生,一次发明,一次创造,离不开你、我、他的共同协作。协作得好,完成的质量和效率就越高,反之则不然。实际上,我们从小养成与人合作的意识和习惯,将来才能成为一个善于团结别人、善于理解别人、善于交往与合作的人才。人和小学的师生们,让我们从现在做起吧!

人物档案

童健,重庆两江新区人和小学校教师。1991年7月参加工作,先后在翠云中心校、尖山完小从教,2002年9月调入人和小学,2006年评为中级职称。

心中的那一抹阳光

　　落日的余晖褪尽了晚霞的最后一抹酡红,夜,像青黛色的油纸渐渐铺展开来……我的思绪慢慢地回到了2008年。那一年是我参加工作的第三年,也是我正式进入人和小学的第一年。正是这一年,我的人生开启了教育生涯的新篇章。

——王　静

　　2008年9月1日开学了,我被安排到二年级(1)班担任英语老师和副班主任。这个班的班主任是位教学经验丰富、踏实能干的中年教师陈玲。陈老师中等个子,一头长发,眼睛炯炯有神,看起来非常干练。我和陈老师搭档了5年,直到这个班的孩子毕业。学高为师,身正为范,三生有幸,碰到良师。从她的身上,我学到了用智慧启迪智慧,用心灵感动心灵,用人格默化人格。

　　班级管理,用爱启迪学生。陈老师以学生为主体,坚持把德育放在第一位。她经常利用每周的班会课、每天的晨会和午间管理时间,通过多种形式对学生进行思想教育,教育学生先成人后成才,把《小学生守则》和《小学生日常行为规范》的内容渗透其中。陈老师善于联系实际、举例剖析、分析原因和危害。学生出现问题时,陈老师不是简单粗暴地采用高压政策来解决,而是通过讲事实、摆道理,使之心悦诚服地接受。

　　选择班干部,用爱滋养学生。陈老师以公平公开公正的原则,和同学们一起精心挑选。火车跑得快,全靠车头带。好的班干部,他可以以身示范,带动和感召全班学生,使班风纯正。因此,选拔和培养好干部是班集体建设的一件大事。陈老师通过竞选演讲、民主测评、定向考察等程序,发现有能力、有服务意识、有吃苦精神的学生担当班干部职位。班委会成立后,她又让他们明确自己的职责,大胆放手,并把一些具体事务派下去,建立层次分明的立体型班级管理体系,同时,给予定期的指导监督。这样,提高了班干部的工作能力,培养了他们的主人翁意识和责任心。此外,陈老师还通过多种方式让学生在自我意识的基础上产生进取心,组织开展一系列专题性活动,如:"乐于助人,好处多多!""我们如何控制自己的不良行为?""如何帮助后进生?"等,大大促进了良好班风、学风的形成。

　　对待全体,用爱包容学生。陈老师始终坚持平等原则,对大家真诚相待,耐心帮助。我们面对的是几十个学生,我们的一举一动都对学生产生深刻的影响,尤其是差生好生同时犯错的时候,班主任要一视同仁,不能使差生感到老师的不公平,与老师产生一种对立的情绪。这个班有位同学,该生平时不爱学习,不愿意写作业,对学习没有任何兴趣。但他热爱劳动,每当班上大扫除时,他总是抢着最脏最累的活干。他也乐于帮助老师和同学,每当老师需要拿书、抱本子、端水杯时,他总是抢着做。为此陈老师充分肯定其优点,鼓励他改正缺点,发扬优点,使他在行为习惯、约束自己方面有着明显的进步,成绩也慢慢地有了好转。

与大家相处,用爱灌溉学生。陈老师以平等、和谐、民主的原则,尊重每位学生的人格和尊严。陈老师也关心爱护每一位学生,积极深入学生当中,了解他们的学习、生活等各个方面,用亲近和信任来沟通与学生之间的感情,用爱的暖流去开启学生的心扉,使之乐于接受教师的教诲,正如古代教育家所言"亲其师,信其道"。我们班有一位男生叫强强,他身材高大,性格张扬,经常与其他同学发生冲突,还喜欢惹是生非。陈老师知晓后,不是马上去批评教育他,而是先与他谈心,了解他的想法。事后与家长沟通,得知他们的家庭是离异家庭,强强从小跟着爸爸长大,爸爸平时也不怎么管他,只要他一做错事,父亲就揍他一顿,很少与他沟通交流。这也造成了他性格上的缺失,一遇到什么问题就出手伤人。针对他这些特点,陈老师平时主动找他聊天、谈心,并给予他帮助和信任。在学习、生活上时刻注意、提醒他,教他处理事情的方法。慢慢的,强强有了很大的改变。他在学校不爱打人了,遇到事情先口头解决,有解决不了的再请求老师的帮助。有一次在"我的老师"的作文中他写道:"陈老师就像我的妈妈一样无微不至地照顾我,包容我,我爱陈老师!"这不正体现了师爱的伟大吗?

"随风潜入夜,润物细无声",这是陈老师的教学方式;"春蚕到死丝方尽,蜡炬成灰泪始干",这是陈老师的教育情怀;"落红不是无情物,化作春泥更护花",这是陈老师的教育精神。陈老师就这样在她平凡的岗位上默默无闻,无私奉献着,几十年如一日。如今她已退休,但她的教学点滴和教育精神早已在我的心中留下了一抹耀眼的阳光。

我初入职场,庆幸有这样一位老师作为我的指路明灯。天涯海角有尽处,只有师恩无穷期。感谢陈老师的模范引领,感谢人和小学这所百年名校!那一抹阳光会一直指引着我克服困难,努力向前,终身成长!

人物档案

王静,重庆两江新区人和小学校英语教研组长。曾获得"两江新区优秀教师""优秀教学能手"等荣誉,撰写的教育教学经验论文曾获市级二、三等奖,参加区级英语赛课活动荣获二等奖,设计的学科类作业获得区级一等奖、市级优秀奖。多次辅导学生参加国家级英语比赛并获得一、二、三等奖。

"生"情厚意

教学生涯30年,弹指一挥间。可刚踏上三尺讲台时的那一幕还历历在目,终生难忘。

—— 王 琼

放学了,李军和陈刚走在路上。忽然,天空乌云密布,雷声滚滚,眼看一场大雨就要到来了。

中队长陈刚想起了班主任王老师还在学校批改作业,她没有带伞,因为早晨上学时,天气还是晴朗的。于是陈刚忙对李军说,"咱们赶快回家,拿把雨伞给王老师!"李军点点头。话刚说完,一阵雷声滚过,接着豆粒大的雨点啪啪打了下来。

李军到了家,找出雨衣穿上。这时,陈刚也从家里出来了,他打着一把伞,手里还拿着一把伞,两个人一同向学校走去。

乌云翻滚,天空昏暗,电闪雷鸣,大雨哗哗。陈刚、李军冒雨前进。风把陈刚手中的雨伞刮得东倒西歪,大雨打湿了他的衣服。风时而掀起了李军的雨衣,时而又把雨水送进他的脖领,雨水顺着脊背流了下来。路上,雨水横流。陈刚和李军,头顶暴风骤雨,脚踩泥泞小路,在艰难地行进着,行进着。他俩只有一个念头:赶快把雨伞送到王老师手里……

他俩终于跑进了学校,又轻轻地推开办公室的门。王老师还在批改作业,她是那么专心,窗外隆隆的雷声,闪闪的电光,哗哗的大雨,她似乎都没觉察到。他俩走进办公室的脚步声,尽管很轻很轻,她却觉察到了。王老师转过身来,当她看到陈刚和李军时,马上站起来,说:"雨这么大,你们……"话没有说完,她全明白了,因为她看到了自己的两个学生浑身湿透了,看到了陈刚左手那高扬的雨伞,看到了自己两个学生焦急而关切的目光。"快,快过来!"王老师来不及接过雨伞,赶忙拿起干毛巾,给小刚、小军擦头上的雨水。王老师眼圈红了,泪水模糊了她的眼睛。

"老师,给您!"陈刚把雨伞递给了老师。王老师接过雨伞。啊,这小小的雨伞,可真重啊!"谢谢!"王老师哽咽着,声音很低,可陈刚和李军听起来,竟是那么清晰,那么响亮。陈刚和李军,默默地站在老师面前。

"王老师,再见!"陈刚拉着李军,转身出门。两个小小的身影,消失在大雨之中。

老师追到了门口,望着那哗哗的大雨……

隆隆隆……远处传来了雷声。这雷声从陈军和李刚的心头滚过,从王老师的心头滚过
……

人 物 档 案

王琼,重庆两江新区人和小学校教师。1985年参加工作,脚踏实地,潜心治学。执教37年以来,工作兢兢业业,团结友爱同志,关心爱护学生。教学成果获得国家级、市区级奖项四十余次。

我与人小共成长

2007年，我所工作的村小因城市建设用地撤销，我们十几位老师调到了人和小学。原来的周荣校长调到了天宫殿学校，肖建新任人和小学的校长。

—— 王小康

刚到人和小学，一切都显得新鲜和好奇，学校周边高楼林立，车水马龙，繁华得很。教学楼依地势错落，像个迷宫，上课常常走错楼层。学校师生上千人，比我们原来100多人的小学阔气多了。城市学生的家长文化水平也高，重视孩子的教育。学生的课外知识非常丰富，上知天文，下知地理，课堂上积极举手，回答问题此伏彼起，课堂气氛活跃得很。我刚来时与张薇薇老师同教一个班，我任教数学。有些孩子很聪明，爱找一些奥数题来考我，常常难住了我，他们就露出了得意的笑容。在城市学校教学，我感觉压力很大，只好下班给自己充电，努力提高专业知识，改进教学方法。

人和小学的工作节奏很快，像打仗一样。我在村小待的时间较长，习惯了慢节奏的生活，刚来的时候很不适应，常常累得不行，但是时间久一点就习惯了，觉得也挺好的。

我到学校不久，肖校长就着手打造科技特色学校。记得我辅导学生制作的第一件科技创新作品是"燃气灶火灾自动报警装置"，比较粗糙，竟获得了区级二等奖，从此兴趣大增，一发不可收拾。我和鄢小荣老师辅导学生制作的建筑模型"绿色环保节能小屋"，参加了在南坪会展中心举办的比赛，意想不到地得了特等奖，还参加了颁奖仪式。以后的几年，我校的陈希贤、牟思平、刘孝强、刘东、张雁飞等老师辅导学生多次在全国科技创新大赛和机器人大赛中获奖。我也在2011年和市内其他学校的9名老师代表重庆市参加了在呼和浩特举行的比赛，获得了全国科技创新大赛辅导员作品三等奖。内蒙古自治区还给参赛师生举办了一场歌舞晚会。作为人小的老师，我能为学校争光，觉得很自豪。

人和小学的科技特色教育培养了一大批具有科学素养的学生，他们热爱科学，善于观察和思考，动手能力强，许多学生能写出高水平的科学论文、调查报告；会制作精美的模型、神奇有趣的科技作品、让人脑洞大开的小发明。每年学校都要举办科技节，热闹非凡。琳琅满目的作品开拓了学生的视野。

在人和小学工作了15年，我送走了一届又一届学生。毕业后，许多学生来母校看望老师，他们送来一束束鲜花，表达对老师的敬重，让我感受到了教育这个职业虽然辛苦，但是很有意义。

最近十几年来，城市建设日新月异，人和周边新建了一所又一所宽大漂亮的学校。作为百年老校的人和小学显得场地狭小、校舍陈旧，就像一位布满皱纹的老人，缺乏生机。可喜的是，在杨校长的积极争取下，在两江新区领导们的大力支持下，人和小学将在三年内改扩建为一座现代化的、高标准的新学校。届时，一大批年轻的教师，将在杨校长的带领下，秉承学校深厚的文化底蕴，重新展现百年老校昔日的风采。

人 物 档 案

王小康，重庆两江新区人和小学校教师。从事小学数学教学三十多年，同时担任学校科技辅导员，善于科技作品制作。辅导的学生在全国青少年科技创新大赛中多次获奖。

百年人小 温情如歌
——记令我感动的一件往事

时光匆匆流逝,弹指一挥间,人和小学已建校百年。而我,作为其中的一员,见证了学校日新月异的变迁——从20世纪90年代的老旧砖房、遍布泥沙的都不能称之为操场的操场,到今天美丽的教学楼、簇新的塑胶操场……感动如爱,时刻温暖着我的心,而我一直被一件事感动着。

—— 文晨曦

那天清晨,我像往常一样早到学校,走入教室,孩子们有的在组长处交作业,有的已是正襟危坐,认真早读了,我心中如一股清泉流过,毕竟是三年级的孩子了,不用我叮嘱,已经能自己安排时间学习了。带着如沐春风的喜悦,我与孩子们一起晨读,只是唯独小Z的座位空空如也。该不是"小犟牛脾气"又发作了吧?

果然,直到上午第一节数学课开始了几分钟时,他才在妈妈的护送下来到教室,观其神色,心中有了底:百分之百发"犟脾气"嘛!我先请他进去上课,然后把他妈妈请到办公室交流情况。

(一)孩子爱找碴

当父母对其不良学习习惯加以指正时,孩子首当其冲揭起了父母的老底,以举例方式说明父母有着"对于他来说难以饶怒"的错误。如父母言行不一,答应给他买的礼物并没有买回;如父母不够体贴,早晨没有帮他检查书包;如父母不够温柔,对于他的偶尔发犟轻则斥骂,重则动粗。

(二)孩子爱反悔

前些日子吃晚饭的时候,他提到学校体育训练队要招收长短跑队员的事,父母都以为他想去参加,都很高兴,因为适当的运动可以增强他的体力,父母就立刻打电话给我帮他报了名,当时他也很赞同。果然,第二天,他就按时到学校的操场进行训练了,情绪还很高昂。可是,过了几天,他突然提出不去了。父母都很诧异,父亲还直截了当地告诉他:"去,怎么能说不去就不去了,太不像话了。"他直直地顶了过去:"我就是不想去了,你能把我怎样?"父亲气极了:"你敢不去,不去我打肿你的屁股。"你来我往,他的犟脾气就又上来了,也不理父母,饭也不吃了,把脸转到一边,过了一会儿,一个人气呼呼地跑回房间去了。

望着忧愁满面的母亲，我能感受那些为人父母最本能、最自然的慈爱之心，毕竟，生儿育女并不是为了生气，并不是为了压力，而是为了让心中那丰盈充足的爱的源泉，有一个释放的天堂而已呀！我握着她的手告诉她："您与丈夫爱孩子的心我已看出来了，但是你们与孩子之间还缺乏理解沟通，爱孩子，不应该把自己的希冀一股脑地全加在孩子的身上，逼迫孩子接受自己的看法和意见；而是应该蹲下身子来找到孩子年龄阶段的特点，以孩子的眼光看待事件的发展。第一，孩子之前承诺要去参加体育训练，可是，后来为什么反悔了，不想去了呢？你们应该先控制好自己的情绪，心平气和地与孩子进行沟通、交流，而不是对他一味地训斥、打骂。要为孩子着想，站在他的角度来思考，与孩子进行平等对话，这样才能找出问题的症结所在，才能更快、更好、更及时地处理好问题，化解你们与孩子之间的矛盾。这样孩子才能更加亲近你们，才会自发地向你们吐露心声。第二，孩子长大了，有了初步的自己独立思考问题和解决问题的能力，任何事不再只是"是"与"否"两种判断，孩子自然就变得敏感、脆弱了。这个时候就要求你们夫妻俩的教育目标要力争一致，家庭谈话的次数也要尽量增加，争取让孩子充分感到家是一个宁静的、可让家人停歇的避风港，家应该是温馨的、安全的。

这位母亲似乎听懂了些什么，她喃喃自语："是孩子心理有障碍，还是我们当家长的跟不上时代，落伍了？"我立马斩钉截铁地告诉她："您的孩子没有心理问题，至于你们嘛！大家共同学习，共同努力！"她这才露出欣慰的一笑。

下午，我找准时机寻小Z谈话。通过交谈，让他明白了父母对他的爱其实是深厚的、刻骨铭心的、无可替代的，等他长大了一定会有所体会，会十分珍视这段经历。分别的时候，我告诉他：人世间的爱是有深度的，爱是去体会，去涵咏，去感恩。

傍晚时分，夕阳的金色余辉为校园染上一片古铜色，真好！是一种神秘色。我看见小Z背着小书包奔向母亲，母亲像以往那样接过孩子手中的书包，挂在肩上，而小Z不再避母亲以三尺，而是主动地牵起了母亲的手，说说笑笑地走回家去！我站在校门口，久久地注视着这一幅溢满幸福、盛满甜蜜的画面，缓缓地舒了口气，会心地笑了。是啊，终于，我们的小犟牛不"犟"了。

感动，无处不在。期待着，下一个百年，人小校园更多的感动故事。

人 物 档 案

文晨曦，重庆两江新区人和小学校教师。个人撰写的教学论文多次获得国家级、市级一等奖。参与研究的市级课题获得重庆市人民政府颁发的教学成果一等奖。多次辅导学生在各级各类比赛中获奖。多次获评"优秀辅导员""优秀班主任""优秀教师"等称号。

长大后我就成了你

"小时候,我以为你很神奇,说上一句话语,惊天动地……"在我动笔写这篇短文时,我的脑海里便不由自主地哼起了宋祖英的《长大后我就成了你》的歌曲。

—— 吴廷惠

1982年8月,我已到了入学的年龄。哥哥姐姐告诉我,在人和小学读书很有趣哟。可遗憾的是,当时按规定我只能在户口所在地的双桥村小读一年级。左邻右舍那年该读一年级的孩子有好几个,无不冲着人和小学这块牌子——尤其是老百姓心中的好老师梁克淑老师而去的。

同村适龄孩子的父母知道我爸在人和中学代过课,放出话来,只要我到人和小学读书,他们的孩子也要在人和小学去读……后来父母便接受朋友们的建议:先到其他学校借读,然后再转学到人和小学。

于是,从未离开过父母一天的我,来到了二姨家旁边的翠云乡水口村小学,在这里开始了我的启蒙学习。教我的陈老师是位中年男老师。现在想起来,陈老师对我是有足够的和蔼和宽容的。可当时,对于一个背井离乡刚入学的小女孩来说,我感受不到老师的亲切。我似乎都在想念家人的时光中把日子打发了……就这样浑浑噩噩地过了一个月,在好心人的帮助下,我终于转到了我梦寐以求的人和小学就读。

爸爸带我到人和小学的第一天早上,梁老师正在吃早餐,她随手递给我一个馒头让我吃,在那个物质还比较匮乏的年代,对于一个早餐从未吃过馒头的农村孩子来说,真是美味。我当时好感动:梁老师真好,不但能做她的学生,还能吃上她的馒头……我暗暗下决心,长大后也要像梁老师那样当一名老师,这样天天早上都有馒头吃。

梁老师考了考我所学的内容,表扬我学得还可以;看了看我的作业本,提醒我,字还需要好好练习。吃完早餐,我们就一起来到教室,她向全班同学热情地介绍了我这个插班的新同学,说我这也好,那也好,让他们和我交朋友,要互相帮助。

梁老师对我们的要求特别严格:从课前静息手的摆放到头的朝向都有统一要求。上课时,她手中的教棍在黑板上指示的每一个动作,都代表不同的要求,只要你稍微开一点小差,准会露出马脚来。同学们为了不让自己在63个同学面前难堪,学习都特别认真。一节课,我们只需要用较短的时间就能把该学的内容掌握了,剩下的时间,梁老师就教我们唱歌、做游戏等有趣的事儿。

就这样愉快地学习了两年。到三年级时,由于我一直模仿梁老师的字去认真写与练,我书写汉字的水平在全班已算是拔尖的了。梁老师让我办校级黑板报,那时,我不太会写粉笔字。梁老师就用小刀把粉笔削得尖尖的,我像写铅笔字那样写粉笔字。路过的老师都啧啧称赞,说这么小的孩子,字写得这么漂亮。我听得心里美滋滋的,以后,写字就更认真了。

虽然,梁克淑老师只教了我三年,但是,她的一言一行影响了我的一生。初中毕业,我毫不犹豫地报考了江北师范学校。1994年毕业,我又毫不犹豫地回到了母校——人和小学工作。在我的教育行为中,常常觉得有梁老师的影子,我也始终希望能成为像梁老师那样——做一个老百姓心中的好老师,尤其是要做一个有爱心的老师。因此,我也曾倾尽全力帮助学生排忧解难,利用课余时间找学生谈心了解他的情绪困扰……陶行知先生说过"生活即教育",我想不仅要在学习中授业解惑,还应该在生活中关爱学生,用爱去教育、感化学生。

我在人和小学从事数学教学已有28年了,也做了近20年的班主任。由于心中一直有梁老师的激励,如今的我已成为两江新区数学骨干教师,还获得过两江新区优秀德育工作者、重庆市书画大赛书法一等奖等荣誉和奖励。

今天,梁老师虽离我而去了,但她音容宛在,谆谆教诲还犹言在耳,学生们都很怀念她。作为梁老师的学生,我庆幸的是,长大后,我就真的成了一名像梁老师那样的教师。

站在新的历史起点上,我将以强烈的责任感和使命担当,为在自己的工作岗位上落实立德树人根本任务,使自己的教育教学能得到学生、家长和学校团队的满意而一如既往地努力着、奋斗着!

人物档案

吴廷惠,重庆两江新区人和小学校教师,两江新区数学骨干教师。1994年从江北师范学校毕业至今已29年。她一直严格要求自己,全身心投入到教育教学工作中,不断钻研科学的育人方法。在教学实践中创造了学生喜爱的数学课堂,深受家长的信任、同行的好评,充分发挥了骨干带头作用,教育教学能力突出。

幸福与成长

　　春去秋来，在人小不知不觉度过了幸福与成长相伴的六年时光，在人和小学"人人进步，和谐发展"的"和润"文化的浸润下，我感受着人小每一位领导和同伴的支持和帮助。在"和悦善诱，人人求精"教风的引领下，我用心管理着我的班级。这六年，我的幸福来自班里孩子的成长，毕业学生的铭记以及家长的认可。

—— 谢卓家

和悦善诱，人人求精

　　记得人小新教师培训时，学校文化中的教风"和悦善诱，人人求精"一直印在我心里。后来在工作中，我一直践行这样的理念，提醒自己既要成为一位和蔼可亲、孩子喜爱的老师，又要提高自己的教学能力，一切以最高的标准要求自己。没想到，我的学生也被我影响着……

　　看着毕业的学生给我分享她的作文，思绪被拉回几年前的夏天。记得那一学期我们正在开运动会，我们班的孩子似乎在体育运动方面和我一样不太擅长，之前的每年我们班都是三等奖。跑不赢，也跳不过，这让孩子们有些泄气。

　　为了给孩子们打气，我和孩子们聊起我自己做事的标准：无论擅不擅长某件事，只要决心要做，那一定要以"求上得中"的标准要求自己，只有自己有高标准，才会付出相应的努力，即便结果没有做到最好，但是我相信也一定不会差……孩子们听得津津有味。后来有个孩子跳起来说："老师，我们这次运动会也要定个'求上得中'的目标。虽然我们某些项目吃亏，可是做操、入场式、足球我们还是可以拼一把的。"

　　看到孩子们深受鼓舞，我也和他们一起策划怎么赢得这几项比赛。于是就有了孩子们中午吃完饭在教室里跟着视频练操，几个同学自发地组织帮助肢体不协调的孩子在小区加练的场景。有了共同目标，有了齐心协力，有了辛苦练习，在运动场上，孩子们精神抖擞、齐刷刷地完成着一套套标准的动作。在看台上的我激动不已。不出所料，我们班是全校的最高分，当天中午，教室里每个孩子都乐得忘记了碗里的饭菜，兴奋地分享着自己当时怕做错动作的紧张感。后来，我改作业时经常发现"求上得中"这句话被孩子们写在本子的封面上，现在看来，这句话也写在了孩子们的心里。

　　我才深深地意识到"求上得中""今天再晚也是早，明天再早也是晚"这些平时我提醒自己的话语也在影响着我的学生，我的一言一行就是学生学习的范本，孩子的作文也警醒我，在教学中一定要身正为范,做好孩子的"引路人"。

如今,我又开始接手新的班级,但同样秉持着学校的教风,继续做"和悦善诱"的教师。除了知识的教授,我也将自己的生活故事、心得体会分享给孩子们。"老师,我看了你分享的书,我也和你一样被感动。""老师,看了你的书法作品,我也尝试写了,你点评点评。""老师,你看我写的这个作文写的怎么样?"……每天总是被孩子们围着回答一个又一个甜蜜的问题。"谢老师,孩子说很喜欢你的语文课,最近进步很多,谢谢您的悉心教导。"回家瘫软地坐在沙发上,看到家长的反馈信息,感受着作为教师的成就感和幸福感。

人人进步 和谐发展

在人小的六年里,我感受到人和小学每位教师处处都践行着"人人进步,和谐发展"的办学理念。在这样的环境里,我自己也在不断进步,而我的进步要感谢人和小学每一位带给我鼓励、帮助和指引的人。

初为班主任时,姜祥英、陈毅、罗敏和文晨曦老师们倾囊相授她们的带班之道,帮助与引导我解决各种疑难问题;课堂教学迷茫时,我的师傅黄荣梅老师带领我走进名师工作坊,向优秀的名师们取经问道,帮助我一点一点进步;行政工作繁忙毫无头绪时,办公室的张雁飞和何曦老师帮我分担,给我献策;职业发展迷茫时,学习的校领导给予我认可,提供各种学习机会;生活中遇到烦心事时,只要和人小的"八仙女"吃吃饭、聊聊天,生活又充满阳光……

在人和的校园里,还有好多好多道也道不完的人小温暖,帮助着我渐渐地成长进步,也让我感觉到人和小学就是我温暖的家。

今年的人小将迎来100周年校庆,自己也非常幸运成为其中的见证者,更幸运的是自己也是庆典活动的策划人之一。我一定会继续秉承学校的文化,践行学校的教风,珍惜学校给予的每次机会,脚踏实地地工作,牢记我是学生的"引路人",认认真真地教书。相信未来的人小在我们的共同努力下,一定会老树发新芽。

祝福人和小学未来更加辉煌灿烂!

人 物 档 案

谢卓家,重庆两江新区人和小学校行政管理中心主任,小学一级教师。曾获重庆市"一师一优课"市级优课,重庆市教育科学研究院中小学教育教学优秀论文评选二等奖,重庆市两江新区"优秀共产党员",人和小学"优秀教学能手"等荣誉。

我校发明家——陈希贤老师

又到一年一度科技创新大赛了,陈希贤老师又要开始忙碌了。晚上,人们都进入梦乡,陈老师的窗户还亮着灯,他在构思设计新的发明,他想了很久很久,终于构思了几个项目,时间很快来到十二点。他想今天必须选出可行的发明项目,而且项目要求新颖。他从来就是这样的人,高标准,严要求,作品必须让别人感到耳目一新,且出乎意料。他对自己很苛刻,从不计较时间长短,也从不计较得失。所以,对构思好的作品,进行一一筛选,个个查新。直到凌晨两点半,终于筛选出了自己满意的作品。他有些疲惫了,准备洗漱上床睡觉。躺在床上,他还睡不着,还在想制作作品的程序和制作材料的筛选。

—— 鄢小荣

五点他醒了,躺床上,望着天花板,仔细思考他昨夜选定的比赛项目。他想,本届重庆市科技创新大赛非常重要,因为我校正在创建重庆市科技特色示范学校,本次比赛是否获奖,直接影响市科委对我校科技特色学校的评审。所以,他铆足了劲,力争在本届科技创新大赛中取得好成绩,为学校争光。

七点,他早早来到学校,一头扎进了他的科技活动室,开始了他的创作。他利用平时收集的废旧材料,就地取材,充分利用废旧物品来制作,这样节约成本,为学校减少不必要的开支。他从一大堆材料中,选好作品所需要的材料,构思着制作步骤。

下午放学了,老师们都陆陆续续回家,陈希贤老师却泡在科技活动室,精心制作作品。时间很快到了晚上八点,一干就是四个小时,他的作品创作才刚刚开始。前面的比较简单,越做到后面,发现越来越难,出现的问题越来越多。他装了又拆,拆了又装,这样反反复复,搞了若干次,一直工作到夜里十二点,感觉没有多大进展,被几个问题给难住了,他才收拾东西,只好回家休息。

他忙得忘了吃晚饭,煮碗面条随便吃点。躺床上,他辗转反侧,想到今天的制作,怎么也睡不着,他苦思冥想,终于找到解决问题的办法,这才安静地睡了。

今天是周六,老婆店里事很多,本应该去打理,可他早上八点钟就来到了学校,把昨夜想到的办法,重新应用到制作上。他先把已经做好的几部分拆下来,选来另一个材料,用卡尺测量,然后打磨、削平,做成与作品相匹配的形状,然后装上去。经过三个多小时的努力,其中一个问题终于解决了,他露出了欣慰的笑容。下一部分怎么制作? 这部分是整个作品的关键,要求材料硬度高,强度大,耐磨损。他午饭都没吃,来到了旧品回收站,在废弃的机器上,拆下一个类似零部件,测量半径和长短,拿回学校科技活动室,用锉刀打磨,测量,再打磨,再测量,由于材料很硬,难打磨,就这样一遍一遍折腾了两个半小时,零件才符合要求。装上试试,感觉不灵活,又拆下来,仔细用砂纸打磨,再涂上润滑油,问题终于解决了。快晚上十一点了,累了一天的陈老师,感觉疲惫不堪,该回家休息了。

周日一大早,他又来到学校,检查作品已经完成的部分,试了试,感觉良好。于是,又开始了下一部分的制作,有个零件很奇特,是作品的关键。他找遍了他的储备材料,都没找到。他又来到了废品回收站,翻遍了里面的东西,都没有适合的零部件,一个小小的电机,一个形状很奇怪的电机,一个轴承长短要求太高的电机,没有这个电机作品就无法完成。于是,他又去了新华路雅兰电子城苦苦寻找,找遍了卖配件的店铺,无功而返。他乘车又来到了重庆市机电市场,挨个询问,逐个寻找,虽然没有找到,但是有商家提醒他在网上找找。五点多钟,回到学校后,他打开购物网站,开始搜索,搜索了一个多小时,确实难找。就在这时,他想到了定制,于是他拨通了购物网站商家电话,经过沟通,商家回复可以定制此零部件,需要一周才能送到学校。他喜出望外,欣喜若狂。回到学校,开始制作作品的后面部分。

离比赛时间越来越近了,一周后关键配件终于送到。他赶快组装上去,发现完全符合要求,恰到好处。再把余下的配件装上,一个新的发明终于诞生了。他请来了学校领导和教研组的同事参观,请他们提出宝贵意见,在大家的共同关心下,陈老师对作品作了细微改进,使作品更加完善了。

在区赛的众多作品中,陈老师的发明力压群雄,一举获得了一等奖,被推到市里参加比赛。捷报频传,陈老师的发明不负众望,又获得一等奖。市里也看好这个作品,把它推到全国科技创新大赛,结果再创佳绩,获得了国家二等奖。同时,学校为陈老师专门申请了国家专利。

弹指一挥间,几十年来,每到举办科技创新大赛时,陈老师都是积极主动承担比赛任务,每次都是任劳任怨,不辞辛劳,不怕困难,迎头而上。曾经多次获得区、市级一、二、三等奖,申请了多个专利,为学校创建科技特色示范学校立下汗马功劳。

人 物 档 案

鄢小荣,重庆两江新区人和小学校教师。曾获《教育》杂志一等奖,重庆市基础教育课程改革征文大赛三等奖,重庆市"乡村学校从教20年",人和小学"优秀科技辅导员"等荣誉。

我，我们

青砖伴瓦漆，屋檐洒雨滴。

您的变迁，也是您的故事，你我既是故事的见证者，也是故事的参与者。

时间一分一秒过去，一眨眼，您迎来了百岁生日；时间一分一秒过去，一瞬间，和您相处已19年。这些日子里，总有许许多多的兄弟姐妹陪着我成长。他们积极向上，虚怀若谷；他们爱岗敬业，务实开拓；他们鞠躬尽瘁，全力奉献。"人格之于人，恰如花香之于花"。人格高尚、爱岗敬业的你们无形之中感染着我，感动着我。

——杨　杰

在人和小学这个大家庭里，在80多名兄弟姐妹的陪伴中，我不断成长着。我看到了负责的老师、真实的老师、勤恳的老师；我明白了什么是严师，什么是慈母，什么是挚友。都说"命令只能指挥人，榜样却能吸引人。"你们用实际行动诠释了"师者，所以传道受业解惑也"这一经典论述。你们不论春夏秋冬、风霜雨雪，始终对工作孜孜不倦，对教育心怀赤诚。兢兢业业、坚韧不拔的你们深深地吸引着我，感动着我。

记忆中，她是一个聪明、伶俐的孩子。因家庭原因，让她变得非常自闭、自卑。因此，学习成绩也让人揪心。怎样才能让她快速地融入集体、快乐学习、健康成长呢？于是，我慢慢地走近她、熟悉她，寻找一些她可能感兴趣的话题和她沟通、交流。可是不管我如何努力，她都无动于衷。直到有一天，当所有的孩子都在父母的接送下离开了学校。而她却孤零零地蹲在教室外的角落里，一动不动。我着急而又担心地走到她身边，问道："孩子，怎么还不回家呢？"她似乎没听见我在说话。"你在等人吗？"她慢慢地抬起头，眼里充满了肯定和委屈。"老师可以送你回家吗？"她轻轻地点了点头，泪水夺眶而出。一路上我试着了解她今天为何迟迟不离校的原因，她的一番话却深深地刺痛了我的心。

原来，今天是她八岁的生日，因为家庭原因，她和爸爸约定：不要生日蛋糕，不要生日礼物，只要今天放学后爸爸来接她。当所有的同学都在父母接送下离开了学校，可她的爸爸却还没出现。她哭着对我说："老师，爸爸是不是不要我了？""傻孩子，爸爸怎么会不要你呢？可能爸爸今天在工作上突然遇到什么事情耽搁了吧……"当我们正交谈得起劲时，她的爸爸来了……

从那以后，她渐渐地信任我了。我们之间的话题也越来越多，越来越丰富。偶尔，她还会跑到办公室告诉我她高兴的事……她的转变，让我看在眼里喜在心上。我利用课余时间和她一起学习，辅导她之前落下的功课，一遍、两遍、三遍……因为落下的知识太多，辅导效果在短时间里根本就无法显现。于是我再一次整理时间，利用周末休息时间进行家访，耐心细致地查漏补缺、一点一滴、细致入微。功夫不负有心人，领取通知书那天，当她捧着喜人的成绩单望着我时，我们幸福地笑了……

转眼间，这个孩子已经上了中学，我常常会收到她寄来的节日贺卡，在这些贺卡上出现最多的一句话就是——"老师，想您了！老师，谢谢您！"短短的一句话饱含着浓浓师生情；短短的一句话诠释着教师的育人力量；短短的一句话更是坚定了我做一名优秀教师的信念。

我们都深知：生命源于感悟，让人思索，令人回味，尽管没有惊天动地的故事，却有着与众不同的感动。就像初见您时，雨滴从屋檐落下，歪斜的瓦房伴着青石路……

人 物 档 案

杨杰，重庆两江新区人和小学校教师，小学一级教师，区级骨干教师，重庆市两江新区"优秀教师"。他撰写和参与的教学论文、学科赛课多次获区级、市级奖项。

遇见，人和小学

2017年秋天，我从川东北一个小镇，来到重庆。重庆，这个离我故乡最近的大城市，其实我并不陌生。我读小学时，叔父在重庆当兵。由此我知道了茄子溪、歇台子这两个地名，后来又从电视上知道了解放碑、大礼堂和这个城市里的种种新奇，内心充满了向往。没曾想，机缘巧合，30年后，我们一家人来到了重庆，孩子在这边上学，孩子妈妈在另一所学校任教，我则来到人和小学。

—— 杨 文

初到人小，我满是忐忑。一则，我是从乡镇来到城市，教学方法、观念是否跟得上城市学校的要求？二则，我虽是中师美术专业毕业，但毕业参加工作后，由于家乡学校的实际情况，前17年一直教语文和数学，甚至包班、复式教学。到重庆来之前，我接手美术教学才一年时间，且乡镇的艺术教学与这里不可同日而语。作为一名"年轻的"中年美术"新"教师，我如何才能尽快适应城市学校的美术教学，成为一名合格的美术教师呢？我心里是"虚火石"的。报道这一天，我把担心向接待我的李梅校长谈了，她笑眯眯地对我说："先不着急，你放心，美术组的老师会帮助你尽快适应的！"然后带着我去后勤办公室，向后勤老师介绍了我，并且提醒后勤老师给我办理相关手续。后勤聂主任、郎老师细细地给我说了要准备的资料、手续，让我紧张的心情缓解了下来。随后，李校长带我来到书记办公室，学校左明书记见了我，连说"欢迎欢迎！"马上亲自联系相关老师，并带着我找到暂时的办公室，打电话叫刘孝强老师抓紧时间为我配备办公室电脑。学校领导如此平易和蔼，是我没想到的。

刚好，美术组教研室没有位置了，而音乐组杨杰老师做大队辅导员，搬离了音乐教研室，我就暂时在这里安顿下来。很快，刘老师就过来给我安装电脑了，他一边安装一边介绍了学校电教的一些常规事项，"放心！有什么事，打电话找我就是！"临走时，刘老师笑嘻嘻地安慰我。教务处邹主任很快给我安排了教学任务。因为我调动耽搁了三周，没有空余的班级教学任务，而美术组的冉双希老师手骨折了，就让我接替了她的课。

第二天，我见到了美术组的几位美女同事，叶蓓老师亲切地介绍了学校美术教学的情况，刚刚下课回来的美术教研组长江智丹老师，又给我详细介绍了美术教研的相关事宜："……你后面要准备一堂新教师见面课哟。"听到这个，我又担心起来："啊？非得上吗？""是的，每个新进的老师，都要上的。""不要担心，杨老师，我们给你'扎起'！大家一起想办法！"龚玉龙老师鼓励我说。我这个中年大叔，面对这几位同事如此的热心，立时心里涌上一阵感动。过了几天，教务处就通知我做好上公开课的准备。组内教师一起帮我选内容、设计教案、修改课件……差一段课件音乐，龚玉龙老师亲自帮我搜索下载剪辑交给我。板书如何设计？作业如何展评？学生如何坐？教案设计、语言推敲、问题设计……叶蓓、龚玉龙、江智丹老师都毫无保留、倾心相授。

正如李校长所说，在美术组老师的鼎力帮助下，我终于顺利完成了这次公开课教学任务。

其实，回想未到人和小学时，也曾听闻，城市学校的人情淡漠，世态炎凉。然而真正到了这里，到了人和小学，一切想当然的传闻很快随风而去。山城，人和小学，这里都是一群平凡、耿直、朴实、平易近人的伙伴。

我庆幸我遇见了一群好伙伴。

人 物 档 案

杨文，重庆两江新区人和小学校教师，小学一级教师，重庆市书法家协会会员，两江新区美术家协会会员。撰写的教研论文获省级二等奖。荣获两江新区美术教师基本功大赛全能一等奖，重庆市美术教师基本功大赛一等奖。

此时，我感动着！

水滴石穿，我们为水的毅力而感动；飞蛾扑火，我们为蛾的执着而感动；春雨润物细无声，我们为雨的无私而感动。一百载沧桑砥砺，一百载春华秋实，在人小100年风雨中又经历了多少感动呢？我是人小一员，我感动……

—— 张薇薇

2015年6月11日，我们班的静怡同学被确诊为急性白血病L1，俗称"血癌"。静怡只有9岁，是一个活泼阳光、会弹钢琴、会跳拉丁舞、品学兼优的孩子，小小年纪的她就要承受那么多痛苦，让人感到十分的心酸。静怡的病需要高昂的医疗费，对于一个普通的家庭来说无疑是一个庞大的数字，但是面对孩子高达百分之七十至八十的治愈率，作为父母，心中既充满希望又充斥着无助。面对双眼含泪的家长，身为孩子老师的我又该如何去帮助孩子，帮助这个无助的家庭呢？

我第一时间向静怡的家人了解了孩子的近况，并立即向学校反映了这件事情。学校领导高度重视，用最快的时间拟定方案，向全校师生发出爱心捐款的倡议。大家积极响应，老师们拿出自己的工资，孩子们拿出自己的零花钱，那段时间我无时无刻不感受到爱心在校园间润化，感动于每一个瞬间。我们班一个很是自傲的孩子——小柯，那天早上，他一走进教室，就从兜里面拿出一叠钱，放在讲台上，什么也没有说，转身就走了，我拿起钱数了数，整整一千块钱。我把孩子叫来，问了问他这钱是谁给的，小柯很平淡地说了一句："我把静怡的事情给爸爸说了，我爸就拿给我了。"这个平时什么事情都不在乎的孩子，却用最平实的语言让大家看到了他内心的火热。我拿着钱，心中有无限的感慨，也只能感化为一句"谢谢！"这让我感受到不只是孩子们在用爱心帮助自己的同学，还有孩子们身后无数的家长也是爱心的支持者。而这也只是众多捐款孩子中的一名。还有的孩子自己做了捐款箱，到父母工作的地方募捐，怕影响大人们的工作，大热天就站在大门口等着下班的叔叔阿姨，努力地为静怡募捐。我们还把静怡生病的消息在微信朋友圈里发送。静怡妈妈后来告诉我，有很多不愿意留下姓名的好心人就是在微信上看到了这个消息，有的打电话向她询问静怡的病情，有的向指定的账户直接汇款，还有一些同样是孩子身患白血病的父母亲自来到医院给他们讲解护理孩子的注意事项。是呀，这份爱心不仅仅在校园间流动，它还牵动了更多的爱心，爱心犹如潮水般涌来，一点一滴地汇聚起来，成为这个家庭强而有力的后盾。这次全校一共募捐八万余元，而在我们班就募捐了两万余元。大家用自己的爱心延续着小静怡的生命，此时我感动着。

学校还积极联系了《新家长报》为静怡同学进行"爱心小报童"募捐活动，将爱继续延伸。大家听到消息后踊跃报名参加，有的家长还说："没报到名没有关系，那天我还是会带着孩子到街上为小静怡买报纸募捐的。"6月27日，我和孩子们来到募捐地点，那天艳阳高照，孩子们领好报纸，就开始沿街叫卖。从最开始的不善言辞到后来的娓娓道来，孩子们经历了一次爱心洗礼下的成长，看着孩子们卖完报纸后的喜悦，我知道哪怕流下的汗水也是甜甜的，此时我感动着。

带着全校师生的爱心，我们来到儿童医院看望静怡同学，看着孩子苍白的脸颊，我们强忍着泪水用微笑和孩子打招呼，和静怡聊了聊同学，聊了聊班上有趣的事，让意志消沉的孩子放开了心中沉重的枷锁。离开时，我们看着静怡不舍的眼神，答应她多多来看她。每次在孩子身体允许的前提下，我都会带着班上的孩子一起去看望她。孩子和孩子之间最容易沟通，有时候他们聊着近段时间班上发生的事情，有时候孩子会给静怡念一念我们带来的课外读物。这时，我们常常会听到孩子们欢快的笑声，我们也会不由自主地跟着他们一起笑。看着静怡越来越红润的脸颊，我们的心倍感安慰。因为我们知道我们的爱心为小静怡带来了新的希望，此时我感动着。

我们用自己的爱关心着小静怡，她享受着幸福的时候，也是我们最幸福的时候。

此时，我感动着！

人物档案

张薇薇，重庆两江新区人和小学校教师，一级教师。曾获"北部新区优秀少先队辅导员""第二届全国青少年文明礼仪普及活动优秀工作者"，北部新区首届中小学班主任基本功竞赛小学组全能比赛二等奖，北部新区2010年"创新杯"中小学青年教师赛课活动小学语文组三等奖。撰写的德育论文《看孩子的变——小议教师与家长之关系》获第三届全国教师语言文字基本功大赛暨优秀论文评选活动二等奖，获第五届基础教育课程改革论文大赛二等奖。

遇见,即美好

人生如书,以心读之,百思而宁然;书如人生,读之以心,百感而凝真。

风起了。

翻动着,一页页的历史卷轴,匆匆眨眼间,就从沧海翻到了桑田。永远都清楚地记得,那天,当第一声鸡鸣的时候,东方才微微露白。

—— 张雁飞

壹

那是一个晴天。

背着简单的一包行囊,沿着山势蜿蜒的泥路,在晨露与微风相伴中,步行十余里,远远地就看到了一面鲜艳的五星红旗在晨曦中飘扬,我看到了我的目的地——人和小学所管辖的几所村小学之一的重光小学。

一扇铁门,四面围墙,在煤炭灰碾成的操场对面,一栋白色三层教学楼和两栋二层教师宿舍呈"品"字排开。其中,围着一棵需四五人合围的高大黄桷树。我知道,这个地方也许就是我的一辈子。

右边宿舍楼二楼,一位穿格子衬衫的男老师在"砰砰"地钉着窗户。

"请问,校长在哪?我找一下他。"我问。

他指了指楼下,满脸笑容。

这是我第一次看到常洪老师,那时他才24岁,但已经从教了6年,为照顾家里的潘梅老师,刚从双碑村小调到了重光村小。

1998年9月1日,我的教育人生开始了,也记得,我是人和镇第一个到小学的大专生。

贰

才入职的我,面对教育显然还比较生涩。40分钟时间里,我完成了3篇阅读文章——接近1个单元的教学量。受到学校主任教师蒋定芳委婉的建议后,我按图索骥,学会了按大纲要求来完成课时计划。

那个时候,我们如才冒出头的春苗,欣喜而又好奇地看着这个世界,略有些机械地执行教学计划,远谈不上对教材的灵活运用。

幸而重光学校有老同事们照拂年轻同事的悠久传统,我们新入职的老师在忐忑中快速完成了人格转型,不但学会了备课上课、教研科研,还学会了个人生活,学会了买菜做饭……

然而世界永远在变化中前进。半期不久,就听说中心校要到学校来督导教育教学。虽是例行计划,但听说是主管教学的杨业民副校长带队后,整所学校严肃的气氛开始蔓延开来。在"老"老师们精心检查资料、组织课堂、严格教育学生纪律言行的氛围里,我们两个新教师第一次感受到接受上级检查的紧张心情。

在紧张的督导后,杨校长对学校工作进行了点评,让人出乎意料的是,面容严厉的杨校长在指出了学校的工作成绩和需要改进的地方后,并没有对我们新教师提出批评,反而表扬我们进步很大。

中午休息的时候,杨校长轻轻地对我说:"教学资料书写不能用红笔,以后要改过来,可不能出错了。"

我的脸一阵发烫,紧张得无以复加,以为会受到"暴风骤雨",却没有想到是这样的"和风细雨"。

在以后的教学生涯中,我十分清楚地知道杨校长对老师们的教学严格到近乎"暴虐"的程度,但对年轻老师的过失却十分宽容。我想,这也是对青年教师成长的保护吧。正是这样对年轻老师的包容和鼓励,让我们很快地成熟起来。对新教师成长的希冀和规划的宽度,更显现出老学校发展的厚度和深度。

叁

简单而朴素的师生关系是学生成长的一剂良药。老师爱护学生,学生尊敬老师。那时候的教育纯粹,远比现在要本真很多。

当我宣布周六全班集体去野炊的时候,所有的同学都高声欢呼。事先没有经过特别分工,但几乎所有同学都带了食材,不管家境如何,有多有少,同学们都不计较。米、油、菜,甚至还有腊肉香肠,以及看得出来已保存很久的零食等。其实,当时的人们的物资是很贫乏的,但对孩子的关心和对班级的支持却是倾其所有。

野炊活动中,孩子们自己垒土灶,做饭菜,玩游戏,有时还"捉弄"我,从他们的笑脸中看得出他们是由衷地开心、快乐,似乎连边上那一丛丛茅草都嫉妒得弯了腰。

但欢乐往往伴随着痛苦。回来后,我受到了蒋老师的严厉批评,认为我事先没有请示,没有注意安全隐患……蒋老师的话肯定是正确的,后来我才明白这其实是对我们的保护性关怀。

让我没有想到的是,那一次,成了我20多年教学生涯中唯一一次私自带班集体野炊的活动,也成了我心底的暖阳,在苦闷的时候,时不时想起,成为我振作的良方。

肆

总觉得,以前的教育教学很本真,教育就是教育,教学就是教学,不会掺杂其他的工作。一周25节的课时量,并不觉得如何繁重,反而很多快乐。

左明,人和小学党支部书记,德艺双馨,才德兼备,深受大家爱戴,美术、书法是其专长。但其实年轻时的左老师在鸳鸯花朝村小待过很多年,后来又转调到重光小学。

在重光小学,年轻的左老师不但担任主科教学,还兼任全校美术课,甚至担任音乐教师。时有农民家长挑担路过教室,说:"是哪位老师在教哟?歌唱得好'左'哟!"

"我姓左,左老师,哪个不左嘛?"左老师从教室窗户探出头来,满面阳光。

人生留白处,自有大空间。

伍

创新,成长,不但会改变自己,也会带动改变。

由于我在大学选修了计算机,有一定技术基础,自己还配置了一台个人电脑和打印机,在当时,算得上新潮。因此,学校每学期到中心校集中参评教育教学资料的时候,我们的资料都是打印,在那个最多是手工油印和手工书写的年代,是比较有震撼力的。

谁能想到,一个村校的资料使用的是电脑打印稿呢?

不得不说,蒋老师虽然是一位村校主任教师,年纪比较大,但很能接受新事物,魅力十足。在当时个人电脑对普通家庭完全是个新鲜事物的时候,学校用集资的方式购置了一批电脑,对孩子们开展电脑普及教学,引起了周边学校群起效仿,不经意间掀起了一场电脑普及教育的热潮。

2000年,世纪之交,我调入到人和中心校开展电脑教学。

陆

自我革新,永远是发展的基础。

人和小学的周荣校长无疑是一个很有前瞻性且非常有领导力的人。在我到中心校后,立即开办了学校文印室,开展全校和村校全面普及计算机教学,率先在渝北区掀起学校信息化进程,学校慢慢形成了完整的"人人进步,和谐发展"办学思想,开始步入良性发展轨道。

2003年,学校抽调30多名骨干教师组建人和实验学校小学部;2006年,学校再次抽调包括周荣校长在内的19名骨干筹建天宫殿学校;2010年,学校参与国家校安工程改造,肖建新校长因势利导开创"人化自然,和润于心"校园文化核心理念,开展特色建设,逐步形成重庆市科技特色学校、全国校园足球特色学校、全国青少年网球特色学校……学校开始精品化发展。

而今,在杨敏校长带领下,学校将进行全新改扩建工程,校园校舍进行全新重建,学校将迎来再次腾飞。

　　人和小学近代的重大发展跨越,我都幸在其中。

柒

　　2022年,正值百年校庆。

　　何其有幸,身在其中,当立弦歌,铸传承,凝聚智慧,再启征程。所有的只争朝夕,都是为了明天的日新月异。

　　让美丽,绽放在最美童年。

人物档案

张雁飞,重庆两江新区人和小学校智慧教育融媒体中心主任,曾获高新区信息技术骨干教师,北部新区教育信息工作先进个人。多篇论文在杂志上发表,个人科技作品以及辅导的学生多次荣获国家级、市级一等奖。

教育教学经历中的感动

时光荏苒，岁月如梭，2022年人和小学迎来了百岁生日，不知不觉间已和您相处了27个年头，在这27年的时间里，发生在我们和您之间的故事，总在记忆的深处让我时时想起，时时回味。

——周　利

这是一个充满欢声笑语的集体；这是一个大家一起努力前行的集体；这是一个老师们互帮互助、和谐共进的集体。大家互相包容、互相理解，彼此感动着对方，彼此温暖着对方，一路同行。

我们学校的冯老师，在家里是一位伟大的母亲，在学校里是我们的大姐，每当我们遇到解决不了的问题，总会第一个想到找她。很多次，下班后她走得最晚，因为改作业，或因为辅导学生，或因为准备第二天的课。尽管她教中年级已经相当有经验，但她仍不满足，依然兢兢业业地努力工作着，踏踏实实地教书育人，认认真真地做好本职工作，不辜负领导对她的期望。我为她的执着，为她的努力，为她的全心投入和对孩子们博大无私的爱而感动。

李晓是冯老师班上最胆小怕事的一个小男孩，虽然已经是四年级的学生了，长得却比有些二年级的学生还要矮小瘦弱。平时，他很少开口，每当老师问他问题时，他总是低着头，回答的声音很轻很轻，像蚊子叫。他与同学的交往很少，从不惹是生非，即使别人惹他，他也一直躲着，忍让着，从不还手，也不告状。因此，班里很多孩子都欺负他，牛高马大的张强就是其中之一。

"老师，李晓把张强鼻子打流血了！"

学生冲进办公室后急切地喊叫，让冯老师吃了一惊。带着满脑子的疑惑，冯老师来到教室，只见张强正仰着头，坐在座位上，满手是血。李晓则脸色苍白地呆站着。在他的身边，散了架的铅笔盒和文具用品撒了一地。冯老师处理好李强的伤势后，轻声对李晓说："李晓，打人是不对的，以后不可以再这么冲动了，有什么问题要及时和老师沟通。但是你今天比以前要勇敢了很多哦！"李晓抬起头，用惊异的眼神看着冯老师，他不相信把别人打出血了，老师还表扬他。冯老师抓住这个良好的契机，让李晓认识到自己错误的同时也鼓励他克服自己的胆小，勇敢起来。

　　这些，只是我看到的"感动"画面的一角，在人小，还有很多这样优秀的老师。我知道，每一个老师身上都有许多令人感动的故事。我相信，在老师们的共同努力下，百年人小会谱写出更加绚丽的华章！

人 物 档 案

周利，重庆两江新区人和小学校教师，一级教师。毕业27年来，一直从事语文教学工作，兼任班主任工作。曾获区级"优秀辅导员""优秀班主任"等荣誉称号，辅导学生参加市区级作文竞赛成绩斐然。

师爱无痕,静等花开

　　时间过得真快,转眼又到了星期五,我像往常一样,早早地赶到了学校。走进教室,同学们都在认真地读书,我欣慰地笑了,慢慢地转了一圈,开始批改作业。这时,学习小组长走到我面前,嘟囔着:"老师,星星又说作业忘带了,我怎么给她说她都不听,我们这组又评不上最佳小组了。""噢!"我的声音提高了八度,看了星星一眼,只见她脸色发白,呆呆地望着我。我压住火气,继续批改作业。真气人! 这星期以来,星星接连三天都说作业忘带了,让她回家取既担心出安全事故,又怕耽误了孩子的学习。针对她不做作业的事,我已多次教育,但效果欠佳,这次,我怀疑她又是在欺骗我。看她的脸色不对,真想把她叫来训一通。但想了想,我打消了这一念头,改变了以往批评她的态度,而是温和地看了她几眼,开始给学生上课。

—— 邹　敏

　　讲课中,我发现星星听得特别专心,回答问题也很积极,我及时表扬了她。开始写作业了,我说了一句:"今天的作业看哪些同学能得到优,我们来统计一下。"大家的热情都很高,都在认真地写字,星星也不例外,只见她写字的姿势无比端正,以往写字时笔尖唰唰一阵乱动,而这次笔拿在手中是慢慢地滑动,分明是在认真写字了,我暗自窃喜。果然,轮到改她的作业了,她抖抖擞擞地递到我面前,一副十分害怕的样子,我接过本子,冲她一笑,"真不错,有进步!"我边说边在本子上写了一个大大的优,还在后面写下了一行批语:继续努力,你会做得更好。她接过本子,脸胀得通红,飞快地回到了自己的座位,我瞅瞅她,见她在反复看着自己的本子,有一种自豪感,也带着一种愧疚。这次的作业,许多同学都做得好,得到了优。孩子们心里高兴,我也很开心! 之后我对大家说:"做任何事都要认真,要做一个诚实的人,学习是自己的事,可千万别自欺欺人。"然后我在黑板上写下了这样两行字:对自己认真的人,就是对自己负责,老师相信你们,老师也爱你们,让我们共同进步。教室里响起热烈的掌声,我看见星星甚至全班同学的眼眶都湿润了,我自己也感动了。

　　下午,我在办公室批改作业,只见星星站在门外,手上拿着一个本子,一副十分难为情的样子。我叫她进来,她来到我面前低下头,轻声说:"老师,我这几天都没好好做作业,我错了,我以后一定改正,不再这样了。"她把补写的作业递给了我,我摸摸她的头,将她轻搂在怀里,再次给了她一阵鼓励。

从此,星星真的变了,学习热情高了,没有了不完成作业的现象,字迹也变得工整多了。我一次一次地鼓励她,她也很争气,一次比一次有进步,期末考试考出了优异的成绩。

是啊!孩子毕竟是孩子,他们需要教师不断地雕刻,不停地塑造,才会变得光彩夺目,才会发出灿烂的光辉。有时候,我们自以为是在教育,把自己的思想和意识强加到孩子身上,当孩子犯错时,不去追究问题的本质,只是一味地指责,批评,伤害了孩子的自尊心,打击了孩子的积极性,反而适得其反。静静地想一想,如果我们换一种方式,多给孩子一个鼓励的眼神,一个竖起的大拇指,一个善意的微笑或是一个真诚的拥抱,就会在孩子的心底产生一股暖流,增强孩子的自信心,激发孩子的学习热情,孩子就会在潜移默化中改变自己的行为,这样的方式,教师轻松,学生快乐,何乐而不为呢?

我们都知道,人非圣贤,孰能无过。每个人都有犯错误的时候,何况是学生。作为教师,面对学生的过错,不要大动肝火或简单惩戒,要用敏感、细腻的心去关注孩子,关注他们犯错背后的原因,用真情去打动,用爱心去呼唤,用宽阔的胸怀去包容孩子的缺点,多给孩子一份信赖,从而让我们的教育生涯多一份欣慰与坦然。

我好欣喜,又一次赢得了童心。

人 物 档 案

邹敏,重庆两江新区人和小学校教师,一级教师,两江新区骨干老师。多次获得"优秀教师""优秀教育工作者""区十佳辅导员"等荣誉称号。积极参与学校科研课题研究,撰写的教学论文多次获国家级、市区级一等奖,有多篇论文在正规刊物上发表。

我与人小故事

—— 邹晓婷

初见

2019年8月26日,我与您初见,

朱砂书本大门,映衬着蓝天白云,

洁白的黄葛兰,悠悠弥漫着芬芳,

如云的绿荫,漏撒下点点阳光灿烂。

一见如故,说的是我和您吧!

微风习习,书香袅袅,

您轻轻地拥抱我,

是您独特的方式欢迎我吗?

何其幸运,披荆斩棘,得您慧眼垂青;

何其幸运,以四年之光景享尽您百年积淀的文明与底蕴;

何其幸运,人小前辈,以智慧引我教学,以淡泊教我处世;

何其幸运,和雅少年,朝夕相伴,惺惺相惜;

何其幸运,与诸君相遇,

无尽的诗歌和远方,无数的笑脸与芬芳,都和我有关!

成长

后来的日子,我行色匆匆,穿梭在您身旁,

晨光中少年们伴着您书声琅琅,

艳阳下同学们绕着您肆意撒欢,

稚子懵懂纯真,蹦跳着与您撞个满怀,

少年博学担当,不舍地轻声说谢谢,

一年又一年,一届又一届!

每一片树叶都细数着老师们匆忙的脚步,

每一朵花都曾映照同学们可爱的笑脸,

一点一滴,都在积蓄力量。

第一次赛课的挣扎煎熬,

遇见半夜十一点的人小;

第一次制作微课的茫然,

搜遍全网求大咖指导;

第一次参加教师运动会,

以弱胜强,乘风破浪;

第一次走近"特殊孩子",

为独自淋雨的他,撑一把伞;

第一次与家长博弈,

晓之以情,动之以理;

第一次与"阳光小屋"邂逅,

相信阳光定能驱走阴霾;

······

昨日种种,皆成今我,

这些碎片不知不觉间就凑成了我与您的故事。

坚守

一百载晨钟暮鼓,一百载春华秋实,

一百年沧海桑田,一百年斗转星移,

您在风雨中宠辱不惊,在飘摇中安之若素,

承载着无数前辈们日复一日,年复一年的默默坚守。

坚守,是对百年人小最深情的告白!

我将与您一道,

不失勇气,不堕志气,

保持朝气,充满底气,

坚守讲台,坚守真理,

坚守责任,坚守初心!

展望

漫步在树影交错的校园,

抚摸着细碎的清风,

我们青年教师,如初春,如朗日,

如百卉之萌芽，利刃之新发。

牢记立德树人之初心，不负历史之使命！

百年人小正芳华，弦歌不辍谱新章，

期待您，换新装，展美颜，向未来！

当然，我与您的故事，未完待续……

人 物 档 案

邹晓婷，重庆两江新区人和小学校教师，国家三级心理咨询师，家庭教育指导师。曾获区级赛课二等奖，校级赛课一等奖。

心之收获

XIN ZHI SHOUHUO

　　秋风起，麦穗黄，少年长。人小少年以国家富强、民族复兴为己任，潜心学习，不负韶华，共同营造"和美好学，人人求真"的浓厚学风，努力成为具有世界眼光、家国情怀的"和雅少年"，留下一曲又一曲童年赞歌，收获一份又一份精彩答卷。

老张轶事

"96.5！"听到成绩的那一刻，我会心地笑了。功夫不负有心人，这么多天的努力总算取得了一个还算满意的成绩。全班同学都在为我鼓掌，看着张老师开心得像个孩子般的笑容，我的思绪不禁飘回几年前。

—— 范译心

在一年级的暑假，我无意间听见大人们在说，下学期要换新的语文老师了。我心里十分不乐意：为什么可敬可爱的苏老师要走了？为什么要换一个新老师？那个老师又长什么样呢？这些问题困扰了我一整个假期。

新学期第一天，带着心中的疑惑，我以最快的速度奔向学校。到了学校不久，教室外传来一阵急促的脚步声，教室里顿时鸦雀无声。只见一个神采奕奕的中年男子笔直地走了进来，他快步踏上讲台，用幽默的口气说："同学们，你们好！我就是你们新的语文老师，我姓张，大家可以叫我张老师，也可以叫我老张！你们以后的语文学习就由我负责了。"同学们听了全都愣住了，继而又在下面窃窃私语："这语文老师凶不凶啊？""不知道他上课是怎样的？""会不会也像苏老师那样对我们很好呢？"而我则有些害怕，因为一年级时我的语文不是太好，而且性格也有些内向，上课都不太敢起来回答问题。

第一堂语文课，老张就充分展现出了他的幽默与渊博：他会让难以理解的知识点以简单的方式呈现出来，便于我们掌握；他也很会开玩笑，一节课下来，大家都快笑破肚皮了；他还会给我们补充很多课外知识，说一个知识点，必定会将它的故事讲得完完整整，而且会对其进行延伸。

有一次，老张见我上课时不回答问题，课下又有些内向，便将我叫去办公室。办公室里，老张和蔼地对我说："译心，你上课怎么不主动回答问题呢？"见我不做声，他又翻开我的练习册，诚恳地对我说道："其实，你的语文成绩很不错。瞧！你的作业，全都是对的！你看最后一道想象题，你写得多好呀！你将来一定会成为一个成绩很好的人。别害怕，鼓起勇气，你一定可以做得比别人更棒的，老师相信你！"

老张的谈话对我触动很深，后来，他经常找我谈心。经过老张一次次苦口婆心的开解，我也下定决心改变自己。课堂上,我开始积极回答问题,有不懂的也立即请教老师。下课时,我主动找一些同学玩耍,不久就交到了两个好朋友。我们一起学习,一起游戏,一起成长。

三年级下学期,通过我的努力,我的语文期末成绩竟取得了99.75的高分。老张高兴极了,当即决定邀请我和另外几名同学去他家做客。那天,老张亲手给我们做了蒜蓉小龙虾。吃着美味的小龙虾,我倍感舒心。老张在一旁看着我们大快朵颐,开心地说:"这是你们的奖励,好好享受吧!你们的成绩令我欣慰,继续加油,希望你们下学期也能取得好成绩,我还请你们吃大餐!"听了老张的话,我们吃得更带劲了。

老张,感谢您!感谢您让我变得自信,感谢您教给我许许多多的知识,更感谢您让我在人生的路上找到了正确的方向。您就像一盏明亮的路灯,指引我在知识的道路上不断前进;您就像一把牢固的雨伞,为我挡住自卑的风雨;您就像一位辛勤的园丁,细心地呵护着我们这些幼小的花朵!

春蚕到死丝方尽,蜡炬成灰泪始干。张老师,感谢您无私的奉献!您就是伟大的春蚕,为世间吐丝一生;您就是无畏的蜡烛,为我们燃烧一生!

我和我的校园

—— 冯文睿

操　场

走进我的校园，就能看到一个大大的操场。操场的红色跑道上，有着我深刻的记忆。这里留下过我奔跑的身影和脚印，洒下过我的汗滴。记得在一次学校运动会上，我在跑道上奋力奔跑，最终获得了女子50米比赛第二名。我心里非常激动和高兴，只可惜没有拿到第一名，以后我要多多努力。

我们还在操场上拔河，虽然每次我们班都输了，但是我们努力过、拼搏过，大家在这个过程中学会了团结，学会了配合，也学会了面对挫折。失败是成功之母，我们在以后的日子里一定可以赢一场的。

足球场上充满了欢声笑语。我们和足球一起奔跑，一起成长。我们班的王同学，虽然他成绩不太好，但是体育很好，足球守门是他的强项，有次垒球比赛还取得了第二名。

教　室

上课的时候，老师温柔的、严厉的声音和学生们的回答声在教室里响起。有时候，老师让同学们做课堂作业；有时候，老师让同学们背课文。

下课的时候，同学们在教室外开心地玩耍，有的在坝子上做游戏，有的在操场上跑来跑去，还有的在吊单杠……

校园角落

从教学楼到大门的大道，是我们每年淘书节的固定摆摊位。这是每学期大家最期待的活动之一。大家把自己闲置的文具、玩具等各式各样的东西，带到学校来跟其他同学进行交易。每次我都能淘到自己心仪的物品，所以，每次我带的钱都会被花得干干净净。今年淘书节，我竟然在一个套圈的小摊上，套到了价值50元的四年级《状元大课堂》，而我只花了2块钱，实在是太值了！

我热爱我的校园。

我和人和小学

我的小学——人和小学，位于重庆两江新区大竹林街道，是一所百年名校。一转眼，我和人和小学在一起五年了，我马上就是一名六年级的学生啦！

—— 郭晋鹏

光阴似箭，岁月如梭！记得我初到人和小学的时候，还是一个刚从幼儿园毕业懵懵懂懂的小朋友，对新校园里的一切都无比好奇。开学的第一天来到新的教室门口，教室里坐满了跟我一样年纪的同学们，我害羞地跑到教室最后一排的空位坐下。我看见前面的两位同学有说有笑地谈论着，我抬头望了望，发现了一位我幼儿园的"老同学"在隔了"十万八千里"的四大组，我一脸的无奈，静静等班主任的到来。

上课铃声响起，一位面带微笑、年轻漂亮的女老师走上了讲台，热闹的教室一下子安静了下来，"欢迎同学们来到人和小学，我是你们的班主任杨老师，现在大家依次到讲台上做自我介绍，认识新同学吧！"杨老师和蔼可亲地对我们说道。新同学们一个个激动、兴奋、滔滔不绝地在讲台上自我介绍："我叫李……""我叫张……"好像新同学们都是有备而来的，而此刻的我坐在教室最后一排，心像小鹿一样怦怦乱跳：我要怎么介绍自己呢？说得不好同学们会不会笑话我呢。

我低着头，心里紧张到不行。到我了，杨老师向我投来了温和的目光示意我上台，我满脸通红，两手紧紧地拽着衣角，低着头忐忑地走上了讲台，"我叫，我叫……"我语无伦次地说着，声音小得只有我自己听得见。这时候杨老师看出了我的紧张，走到我身边，轻轻地拍了拍我的肩膀说："别紧张，慢慢说。"然后笑呵呵地对台下的新同学们说道："同学们，我们一起给台上这位新同学一点鼓励吧！"老师一说完，讲台下响起了一片热烈的掌声，一个个同学都投来了鼓励的目光，我感觉心里暖暖的，顿时就不紧张了。"同学们大家好，我叫郭晋鹏，今年……"我一口气说完了，台下又是一片热烈的掌声！我也感受到了从来没有感受到的自豪感，有同学和老师的鼓励真好！

一眨眼，我们50位同学在人和小学的大集体共同学习五年啦！大家是同学，也是朋友，我们互相学习，互相鼓励，互相帮助。而班主任杨老师一直像阳光一样用她的光辉照耀着我们成长！

感人故事

——郭耘坊

　　和谐中国,处处充满着温暖的阳光,时时传递着感人的故事。

　　在我们班上有一位乐于助人、团结友爱的好同学。这位同学名叫范译心。她是一个热爱学习也爱帮助别人、热情似火的同学。在上一个学期,她当上了英语课代表。班上有另一位组长同学,开始英语成绩不太好,每次这位组长读错音或是不会读音,范译心就会耐心地解释词意与发音,一遍一遍反复进行训练和教导,直到教会他为止。在范译心的耐心帮助下,那位组长同学的英语成绩很快好了起来。

　　上一学期的一节体育课上,一位同学不小心踩到一个光溜溜的足球,摔了一跤。这一跤可把前面的范译心吓到了。她立刻转身跑到摔跤的那位同学面前,把同学扶起来,又带着那位受伤的同学到医务室。在路上,她还不停地问"你还好吗?""还痛吗?""要不要给老师说?"到医务室就扶着那位同学坐下,让老师处理伤口。处理完成之后,便把同学扶回教室,让她好好休息。她自己这才跑去上体育课。

　　这就是范泽心,一位乐于助人、舍己为人,值得我们大家学习的"好榜样"!

百年人和小学　百年光辉璀璨

百年峥嵘岁月，百年光辉历程。岁月之轮滚滚向前，刚送走炎炎夏日，我的小学——重庆两江新区人和小学校即将迎来属于她的百年华诞。

—— 耿潇桐

我的学校里绿树成荫，繁花似锦，自然风景与人文景致掩映生辉。她不仅景色秀丽，而且历史厚重，书香氛围浓郁。厚重的历史奠定了浓郁的文化积淀。我的学校秉承"和衷共济，同心致远"的校训，一直激励着我勇敢前行。

一转眼，我转入人和小学已有了两年的时间。在我与人和小学共同度过的两年时光里，发生的有意义的故事如同海滩上璀璨的贝壳，数不胜数。就在这些事情中，有一件事儿令我记忆犹新。

2022年重庆华龙网的记者们来到了人和小学选拔华龙网小记者。老师对我们说："你们这一次一定要好好发挥，毕竟被华龙网选上了小记者，那不仅是你们自己的荣誉，学校的老师和你们的家长也一定会为此感到骄傲的。"

我一听老师这么说，对自己参加比赛就更加有信心了。怀揣着激动的心情，我和其他参赛的选手在老师的带领下，来到了比赛的现场。我看见了选手们都已经跃跃欲试，看着他们一个个胸有成竹的样子，我十分紧张，心里七上八下的。果然，每一位同学的演讲都行云流水，看到这里，我的心里就像揣着小兔子一样。这时，老师走过来告诉我，说："不要紧张，放轻松，我们大家都相信你的。"我看着大家纷纷向我投来鼓励的目光，一下子，我的心情放松了许多。

终于，到我演讲了。我"腾"地一下从座位上站起来，昂首挺胸地阔步走向舞台上，开始了自己的表演。我的朗诵就如同流水一样奔泻而出，时而婉转，时而低沉，听起来就像一首婉转动听的音乐。不一会儿，所有选手都展示完了。我又紧张又期待，我到底会不会被选上呢？

随后，2022年华龙网小记者名单公布了，我十分光荣地加入了记者团的队伍。我想到了老师比赛前说的话，努力就会有收获，一定要积极争取，这也是我在人和小学成长道路上收获的"精气神"。

时光如梭，人小迎来了她百岁生日。在我们孩童的眼中，一百年是那么的漫长，而我的学校经过了百年的洗礼，也变得越来越美丽。一百年来，人和小学与时俱进，薪火不断，为祖国、为家乡培养了一批又一批栋梁之材，春华秋实，桃李满园。

人和小学，我们学子忠心地向您致敬，向您祝福！请您放心，我们一定会用勤奋、努力和决心，一代一代，生生不息，共同续写这永恒的传奇。

最后，祝重庆两江新区人和小学校百岁生日快乐！

人小的温暖与感动

　　光阴似箭,日月如梭。时光老人把我从天真幼嫩的孩童变成朝气蓬勃的少年。在这五年里,我成长了许多,认识了很多人,也经历过很多事:开心的、感动的、伤心的、生气的……虽然五年时光极其短暂,但始终有几件事深深地印在我的脑海里。

—— 何青青

　　还记得那是三年级的一节体育课,我们被罚站在操场上。太阳火辣辣地烤着我们,那光使我的眼睛难以睁开,那温度让我感觉头发都快烧起来了。一开始,我还能勉强顶得住,可渐渐地,我脑袋晕晕的,再后来,我的眼前开始出现许多若即若离的小星星。突然,眼前一黑,腿也支撑不起我沉重的脑袋,"砰"的一声倒下了。

　　我当时什么都看不清了,只能迷迷糊糊地感受到许多只手托着我往下倒的身体,听到大家透露着慌张的关心的声音。待我再次睁开眼时,已躺在医务室的床上了,周围是担忧我的同学和老师。看着他们慌张的样子,我却笑得十分的甜,心里想着有你们真好啊。

　　在我脑海里,还有一个场面让我难以忘怀。那是一个寒冷的冬天,放学后,我们每一个人都顶着风,向家飞奔而去。但在路边,我无意间看到一个老爷爷坐在地上一直对手哈气以此来取暖。他的头发苍白蓬乱,棉衣也破烂不堪,脸冻得青白。这谁不心疼?而旁边的行人,明明看见了老爷爷,却无视他。走在我们旁边的人小学生看见了,他看了看自己的口袋,又瞄了老爷爷一眼,就跑了过去,把口袋里的10元塞到老人的手里,然后就跑开了。那位老爷爷激动的眼泪不自主地流了下来,一个劲儿地对他远去的身影说:"谢谢,谢谢。"我们其他人都默不作声地掏出自己的零花钱纷纷塞在老爷爷的包里。渐渐地,人群都散开了,那位老爷爷包里都塞满了钱,他的眼泪却止不住地往下流……

　　感动之事千千万万,这两件事是我与人小的感动之事。

光的温暖

友谊是无价的,用多少金钱都无法买到,友谊是一颗种子,结出香甜的果实,友谊是一颗糖果,给了我们甜蜜的童年。从懵懂无知到活泼开朗,四年来,我在人和小学健康成长。在这里,有我尊敬的老师,有可爱的同学。一件件不起眼的小事,留给我一生的感动。

—— 江书瑶

阳光明媚的周一,我参加学校的讲故事活动,结束后,我急匆匆地往教室跑,没想到跑得太快了,突然脚下一空,来不及思考,我重重地摔了一个狗吃泥。"哎哟!"我痛苦地呻吟。扫视四周,好像没人。想使劲,身上的疼竟让我一时起不来,泪水忍不住滴落下来。

"怎么啦,怎么啦?"耳边的声音急促而且饱含担心,好似天籁。我的心似乎放松下来,还好,终于有人。定睛一瞧,原来是我的同桌沐沐,她刚好路过。

什么话也没说,沐沐立刻蹲下身子,扶着我颤颤巍巍地站了起来,我的心里涌动着一股暖流。我想对她说谢谢,但看到她安静认真扶我的样子,喉咙咕咕作响,却没有发出声音,只是点了点头。

在沐沐的帮助下,我慢慢地走回教室。抬头一看,黑板上早已空空如也,怎么办? 作业题目呢,怎么被擦了? 要知道,我之所以跑得摔了,就是想早点回来看作业呀! 我急得犹如铁锅上的蚂蚁,满脸的绝望。看着空空的作业本子,心情失落到了最低谷,耷拉着脑袋,绞尽脑汁,还是不知如何是好。

这时沐沐看到了我那空得像白雪的本子,明白了我的心思,没有说话,悄悄拿出了她的本子递给了我。我愣了半晌,再看了看她,反应过来,连忙欢天喜地接了过来,张了张嘴,想说谢谢,却还是没有发出声音。她右手食指挨着红润的嘴唇,无声地嘘,示意我不用在意,又对着我笑了笑。那笑容就像冬天的阳光,夏天的雪糕,春天的玫瑰,秋天的枫叶……

每次我想到这件事,沐沐就如同黑暗里的一束光,总让我心里有一种说不出来的温暖,因为我真正地感受到了友谊的甜蜜,友谊的快乐,友谊的价值。

人和小学 铭刻我心

——李佳璇

大家好,我叫李佳璇,我在人和小学就读,下学期就进入六年级了。

2017年5月,我们全家从北京回到重庆,妈妈准备让我在人和小学这所近百年的老校上小学。为了让我爱上人小,我的外婆迫不及待地带我参观了她工作的地方,也是妈妈的母校——人和小学。

一进校门,哇!好大啊。整齐的教学楼前面是宽阔的操场,操场的四周是枝叶繁茂的大树。真好,要是玩累了还可以在树荫下乘凉休息。我特别兴奋,便在操场的跑道上飞快地跑了起来,爸爸连忙为我拍照留念。之后,我们参观了教学楼,到了外婆所教班级的教室,教室宽敞明亮,前后都有黑板,还有多媒体设施呢。我们站在窗前往外望去,映入眼帘的是宽大的风雨球场和综合大楼,外婆说:"音乐教室和图书室就在那边。"

我们还到了外婆的办公室,办公室布置温馨,设施齐全。从办公室出来,我说:"这个学校真好,我喜欢,我愿意在这里学习。"妈妈说:"是呀,现在设施设备好了,我们读书那会儿哪有这条件,当时很简陋的。"外婆接着说:"随着时代的发展,肯定会越来越好的。"就这样,我和人和小学的初次见面在我一次又一次的惊喜中结束。

同年9月,我便跟着外婆在人和小学上一年级了,就读于2023届六班,我的班主任是赵梅老师。在这个班级里,我认识了我的同学和老师们,我们班的同学团结和睦,各科老师也对我关爱有加,我非常的快乐。

记得一个星期一的下午,全校的同学都排队放学了,我在办公室等开会的外婆。做完作业后,我溜达到外婆所教的班级——六年级四班,我发现教室里有些纸屑,我想是不是大哥哥大姐姐们学习忙,没时间做清洁呢?我反正现在没事,就帮帮他们吧。于是我就开始动手搬椅子,扫纸屑,当我正准备用簸箕把垃圾扫到一起时,一个大哥哥回教室拿东西看见了我,说:"你帮我们做清洁啊?你这么小。"大哥哥边说也边拿起扫把开始打扫起来,我问他:"你们今天没有人值日吗?"哥哥回答道:"有的,我们老师怕同学们做清洁耽误集体放学,所以一般都安排在每天早上上课前做。""哦,原来是这样啊。"说话间,清洁就做完了。

第二天,那位大哥哥向他班里的同学讲了这件事,还告诉了我外婆,外婆向我伸出了大拇指。从那以后,不管是他们班上的谁,只要见到我,都会和我打招呼。有的哥哥姐姐不知道说什么,就叫我的名字,远远看见就大声地喊李佳璇,近距离看见就叫佳璇。我知道,这是他们友好的表示。正是这一声声的李佳璇给我带来了莫大的安全感,因为那声音仿佛在告诉我:李佳璇你不要怕,我们会保护你,也好像在警告我的玩伴不要欺负她哦。

有时候,他们的招呼声被我的同伴听到便会问我:"那是谁啊?怎么会认识你?"我便自豪地回答:"那是我外婆班上的大哥哥大姐姐啊!"有时我找不到外婆,这些大哥哥大姐姐就会帮我满校园找,还会安慰我。我在这所学校真是无比幸福。

2018年7月,因为父母工作的关系,我到了澳大利亚学习。在那里,尽管我认为什么都还好,但我还是想念人和小学,想念和蔼可亲的老师,想念和我追逐嬉戏的同学。于是我叫外婆找到赵老师录了同学们上课的视频,当我看到视频,恨不得马上回到同学们身边,回到那个温馨的校园。

2019年10月,我终于回来了,又回到了原班继续学习。去年冬季的科技节,我设计的徽标被学校评为特等奖,站在领奖台,我的心情难以言表。科技节期间,我设计的徽标频频出现,我特别的自豪。

这些年来,我在人和小学这个百年老校里生活、学习、成长,不断加深了我对人和小学的热爱,现在我要大声地说:人和小学,我爱您,您的名字已铭刻我心!

记我与人小的和雅故事

光阴似箭，岁月如梭。我很荣幸在即将毕业之际，迎来了人小的百年诞辰。在这一百年里，涌现出了许许多多的"和雅少年"们"和衷共济，同心致远""和美好学、人人求真"的故事。

—— 李茂琳

记得四年级的时候，为了庆祝中国共产党成立100周年，每个学校需要组建一支优秀的合唱团参加比赛。而这个时候人小只有一支谈不上专业的兴趣社团，而且人数也不够。在短时间内，音乐老师们紧急挑选了一批符合要求的同学组成校合唱团。从定人数，到排队形，挑选歌曲并改编成适合合唱的曲调，虽然只用了很短的时间，但这些完成以后，离12月中旬的比赛也就只剩不到两个月的时间了。可同学们连歌词都还不太熟，这似乎是一个不太可能完成的任务。

就是这个时候，老师们几乎牺牲了所有的休息时间，带着我们夜以继日地练习。在这段时间里，大家的身体疲惫了，老师们的嗓子也哑了。正在怀孕期间，本应该准备休息的罗老师，却坐在钢琴前，陪我们一遍又一遍地练习。在琴凳上坐着的罗老师，大大的肚子刚好卡在钢琴和椅凳之间，难受的程度可想而知，可她却什么也没有说。翁老师脚受伤了，请医生简单处理后，很快又急急忙忙地赶回来陪我们参加练习。

三楼音乐教室、一楼多功能厅、篮球场……到处可以看到提着小音响"一蹦一跳"的翁老师忙前忙后的身影。左书记也是我们合唱表演团队的一分子，作为校领导的他，有非常多的工作，可他还是像我们每个团员一样，一遍一遍、不厌其烦地参与每一次练习。受到老师们的感染，同学们也变得非常的认真。怎么和声？怎么走位？私下里大家也积极地讨论着……那一次的比赛，我们的歌声悠扬、节目新颖，获得了非常好的成绩。

还有一次的班队足球赛。在球员身高和拥有的校队球员数量都不占优势的情况下，上半场，我们以0∶2落后。球员们带着失落的心情进入中场休息。这个时候，没有一位同学埋怨他们，反而竞相为他们加油打气，并热情地为他们递上温水。

当紧张的下半场开始，场外的同学们纷纷拿出"加油牌"大声地为他们呐喊助威。这些牌子是从哪里来的呢？这还要从比赛的前一周说起。当老师宣布我们班即将迎来比赛时，同学们就三三两两地商量着,你带纸板,我带画笔,一起制作加油牌。球场边,我们举着加油牌来回地奔跑着为球员们加油助威。球场上,球员们仿佛也受到了鼓舞。传球时,一双双腿脚更有无限的力量。他们像插上翅膀的雄鹰,在球场上自由地翱翔;像滑溜溜的胡泥鳅,在人墙中来回穿梭。场下是同学们声嘶力竭的呐喊,场上是运动们一滴滴的汗水肆意挥洒……最终,我们以3:2的成绩反超对手,获得胜利!

从刚入学开始,牟老师就告诉我们"开卷有益",鼓励我们多读书。最近,我们班更是掀起了一股读书的热潮。每天早上,同学们到校的第一件事就是拿出自己读过的书和别的同学交换;中午,约着一起去学校图书室读书;课后,一起讨论故事里的人物;延时课,做完作业的同学也都沉浸在书本的世界里……

百年来,"和雅少年"们将这种精神发扬光大,并一代一代传承下去。我为是其中的一分子而感到无比的自豪与荣耀!

我与人小的故事

2022年的冬日，我的母校——人和小学迎来建校100周年，我感到无比的兴奋和自豪。

——李紫绮

回想起我在母校这六年的点点滴滴，我的内心充满了无限感慨。是我的母校，让我在这六年的时间里学会了关心、团结、友好、互助，让我变得乐观、积极、开朗，也让我交到了许多知心的小伙伴朋友。老师们的悉心教导也让我的学业更上一层楼，还有同学的关心和陪伴，让我在面对困难时不再感到孤单和无助。

校园为我们提供了篮球场、操场、教室、医务室等设施设备。特别是校园的医务室，让我感觉无比温暖。每当我路过时，总能想起我受伤时，同学和老师给予我安慰和仔细为我处理伤口的情形。在这样充满关爱的校园里成长，这点伤痛又算什么，再疼也不觉得疼了。

教室里传来琅琅读书声，走近一瞧，原来老师正在教导我们学课文呢。老师的幽默风趣，让我们更加认真听课。咦，怎么会有歌声呢？循声找去，原来音乐老师正带领同学们唱歌呢。

前年疫情暴发，学校推迟开学，只能在家上网课。每次上完课，老师都会布置作业，我们及时完成老师布置的作业，晚上的时候发在班级群里，老师们课后仍兢兢业业、不知疲倦地为我们批改作业。等我们早上醒来，作业结果早已发在群里。

记得有一次，有一道题我不会，就去找老师询问，老师讲了一遍我还是没听懂，于是老师又耐心地讲解了一遍。在老师的谆谆教导下，我的知识水平也得到了大幅提升。疫情期间，老师也不忘关心每个同学的心理状况，常常为同学们做心理辅导。在老师的关心疏导下，同学们的情绪都稳定了许多，学习劲儿也提上来了。

学校的杨校长也对我们呵护有加。记得上次杨校长来我们班吃饭，询问我们饭合不合胃口，我们齐声回答"合"。接着校长又去其他班询问情况了。

在校长的精心安排与组织下，一个暑假的时间学校就把墙面重新粉刷了，连课桌椅都翻新了，绿化也更胜以前。原来去多功能室的时候，有一段路的楼梯是铁的，走起路来吵个不停，不仅影响老师们休息和办公，还打扰同学们上课。但暑假回来，铁楼梯变成了水泥楼梯，上面还贴上了瓷砖。

以前的课程没有网球和国际象棋，现在增加了这两门兴趣课，同学们的业余兴趣变得更加丰富。学校图书馆里也增添了许多新的书籍,中午休息的时候,我就去图书馆看一会儿书,课外知识也得到了一定提升。

杨校长会尽量满足同学们的生活需求,比如过儿童节时,有同学想吃鸡腿,杨校长担心炸鸡腿有害健康,于是在儿童节当天让学校食堂为同学们做了卤鸡腿,可把同学们乐开了花儿!不仅学校环境发生了改变,每年的科技节、艺术节、运动会等节日也是一年胜过一年,师资力量也越来越庞大,整个校园在杨校长的带领下变得越变越好。

我们学校的办学理念是"人人进步,和谐发展",学校始终把坚持培养和雅少年,发展优秀教师作为重点工作来抓。正因为有了此理念,我们的德、智、体、美、劳得到了全面发展。学校把传承红色基因,了解革命历史作为班队课主题活动,让我们更深地了解红色革命,在中国共产党成立100周年之际,还特地请重庆市歌剧院为我们带来精彩的艺术表演。此次文艺表演,让我感受到了音乐之美,爱国之情也越来越强烈了。

学校建校100周年,难忘的不仅仅是庆典,更是学校发展史上的里程碑,是推动学校进一步发展的重要机遇。我在人小的这六年,学习知识,锤炼意志,这一切都源于学校这六年对我的教导。从刚开始进入校园的懵懂儿童,到六年后全面发展的"和雅少年",都离不开学校对我的培养。今天我为学校感到自豪,明天我将成为学校的骄傲。

2022年,恰逢学校100周岁生日,值此盛大辉煌的日子,全校师生倍感荣耀。我们坚信,在全校师生的共同努力下,学校的明天将会更加美好。

记在人小感动的二三事

春花秋月，四季轮转，岁月变迁，光阴似箭。不知不觉，我在人和小学已上学5年。这5年的1825天中，每一天我都在老师、同学们的关爱中成长，有太多感动的故事。

——李施潼

刚开始觉得班主任刘勇义老师特别严厉，说话声音大，总是板着脸很严肃，不苟言笑，跟幼儿园老师完全不一样，我都有点怕她。直到有一次，我不小心在厕所滑倒还受了点小伤，哭得稀里哗啦，是刘老师安慰我，把我送到校医处，还给妈妈打电话接我回家。

一次班上同学金兮生病吐了，也是刘老师把她送到校医处后，自己在教室处理我们都避之不及的呕吐物。我们班上有一个学习困难的学生，我发现刘老师虽然批评他，但常常给他家长打电话沟通他学习的事情，让家长配合管理好同学的学习习惯。她还把班级同学结成互助学习搭档，安排他们坐在一起。这些事情都让我十分地感动。所以很快我就发现刘老师是那种外冷内热"暖水瓶"式老师，虽然很严格，对我们要求较高，但可关心我们了。

还清楚地记得，我们班刘煜梦同学在一次学校运动会800米跑步中，从起跑开始就一直遥遥领先，有望打破校运会纪录。全班同学都在跑道外大声地加油呐喊助威，大家都十分激动，有的同学还在场外跟着她小跑加油。刘煜梦同学虽然很累，但坚持飞奔。她第一个冲过终点线，一举打破学校校运会800米跑步纪录。我们全班同学高兴得手舞足蹈。跑完后，许多同学都围在刘煜梦身边，有的扶着她，有的赶快递水杯给她，有的给她擦汗。刘煜梦气喘吁吁但大声地说："我打破了校纪录！谢谢大家的鼓励。"

第一次考100分、第一次升旗、课间同学们玩的各种游戏、运动会中无数次的拼搏加油、还有我最喜爱的图书角……在人和小学的这5年，我感受到老师的辛勤，懂得了友情的珍贵，能与大家分享成功的经验和失败的教训，知道对亲人、师友、社会怀着感恩之心，语数外音体美全面发展。在人和小学的五年有太多的感动，太多的成长，道不尽，写不完。我在人和小学的这五年是快乐的五年，是成长的五年，是美好而感动的五年。

值此人和小学建校100年之际，学校也要扩建新的教学大楼，修建更好的教室，添置更多功能。非常地羡慕以后人和小学的学弟学妹们可以有更舒适、漂亮、大气的教学大楼。我想人小会变得更加现代化，更加美丽。但人小不会变的是老师们的真诚教导，同学们的团结友爱，不变的还有代代相传的"人化自然，和润于心"人小精神。

我和我的人小

人小，是我成长的地方，是我学习知识的殿堂。它记录了我六年生活的点点滴滴，留下了一个个感人至深的画面。

—— 李悦瑞

运动会上，我们班的跑步健将又飞奔在学校操场上，她上午才参加完100米和400米的比赛，现在还有一个1000米的长跑。同学们都担心她体力不支，而她却坚定地说自己能行，还要给班级再拿一块金牌。

随着一声枪响，她如同离弦的箭一般冲在了队伍的最前面。大家也跟在她后面大声呐喊助威，健将出马，我们稳操胜券了。可就在最后100米加油冲刺之时，我们的运动健将突然狠狠地摔在地上了，大家都惊慌失措地跑过去准备来扶她，只见她慢慢地用一只手撑起半个身子，另一只手捂着膝盖，艰难地爬了起来，一瘸一拐地奔向了终点。同学们含着眼泪在终点搀扶着她，有的同学给她擦汗，有的同学给她端水，有的同学帮忙清理伤口。

当大家一脸紧张地询问她的伤时，她却安慰大家说没事，就是破了点皮。可惜了，只得了个第二名。其实在我们的心里，第一已经不重要了，我们班级已经收获了比金牌还重要的东西。我的六年人小生活中，这种片段数不胜数，班级团结一致，互帮互助的精神一直激励着我前进。

语文课上，周老师正绘声绘色地给我们讲解课文，她突然停下来，取下眼镜，揉了揉双眼，又眨了眨眼睛，嘟囔着："怎么看不清楚了？"大家窃窃私语："周老师怎么了？""我们的新知识还没学完，怎么办呀？""糟糕，会不会换老师呀？""我好舍不得周老师哦！"一阵下课铃声打断了我们的思绪，但丝毫没有减少大家紧张的心情。下午的品德课我们焦虑地等待着周老师的出现，只见她戴着墨镜走上了讲台，用她那独有的磁性声音给我们讲着一个又一个感人的事迹。

事后，我们才知道周老师是视网膜脱落，她利用中午吃饭的时间看完医生，又匆匆赶回来给我们上课。在人小，像周老师这样为同学们默默地付出的老师还有很多，他们是辛勤的园丁，培育着一代又一代的花朵；他们是灯塔，指引着一艘又一艘远航的轮船。

会议室里，杨校长请同学们吃汉堡和鸡腿，我怀着一颗忐忑不安的心走进会议室，该不会是鸿门宴吧！我找了一个最偏僻的角落坐下，杨校长和蔼可亲地对大家说随便吃，汉堡和鸡腿可是你们的最爱。校长都知道我们的喜好，她一句话打消了我所有的顾虑，我不再紧张，便大口大口地吃起来。

　　杨校长和我们一边吃一边聊,询问日常学习生活,畅谈理想和未来,最后还征求大家对学校的意见。这哪里是高高在上的校长,分明就是一位知心的大姐姐。在我们毕业之际,远在新加坡进修的杨校长还给我们送来了她最真挚的祝福,给我们的小学生涯画上了一个完美的句号。

　　生活在这样的学校,拥有这样的校长、老师和同学,是我的荣幸和骄傲。人小的点点滴滴是我人生中最宝贵的财富,我会深深刻在记忆的沙滩上,将它作为岁月的礼品,永远珍藏在心底……

阳光行囊

人生就像一场旅行，在乎目的地，也在乎沿途的风景，以及看风景的心情。

—— 刘梓彤

人和小学就是我人生旅程重要的一站，我背上空空的行囊，在人和小学收集我生命中的阳光。

每天早上我背上书包进入校门的时候，校门口已经站好了迎接我们的老师、同学和志愿者们，他们早早地来到学校，不管刮风下雨，酷暑寒冬，这一声声的同学早上好，总是伴着我入学，他们让我感动，这是我收获的第一缕阳光，它的名字叫奉献。

如果你是一缕清风，就拂去一抹燥热；如果你是一波秋水，就映出一缕清影。这个世上万物都在奉献：鲜花奉献生命；太阳奉献光明；云朵奉献雨露……我们在奉献的同时也在享受着奉献赠送给我们的礼物。这些礼物有许多，有每天的好心情，有别人回送你的真诚的笑容，有你轻快的脚步，也有你悦耳的歌声。奉献，不仅让别人快乐，也让你心胸变得宽广。当你毫无私念、毫无私心地学会付出的时候，你就成为了一个真正幸福的人。

上课的时候，我的橡皮擦忘带了，"同桌，可以借用你的橡皮擦吗？"同桌说："可以呀，给你。"我说："谢谢。"他说："不用谢。"我做作业的时候不小心把同桌的书弄到地上了，我说："对不起，我给你捡起来吧。"同桌说："没关系。"这些文明用语常常出现在我身边，出现在人和小学这个美丽的校园里，这是我收获的第二缕阳光，它的名字叫礼貌待人。

礼貌待人是我们的传统美德，礼貌待人能化解一切矛盾，能促进人与人之间的情感，是架起人与人之间往来交流的桥梁。

有一次运动会上的拔河比赛，我也参加了。两队队员纷纷抓住绳子，身体往下蹲，进入备战状态，"预备，开始！"体育老师一声令下，两队都开始用发力了，我们喊着口号，用力往后拔，脸都憋红了。胜利一步一步向我们走来，就在这千钧一发的时候，他班好像突然出现一个"程咬金"似的把我们班拽走了。即将到嘴的烤鸭被抢走了，下一回合我们一定要赢！第二回合开始了，我们使出浑身解数，但还是被拽走了。我们失落地回到教室，教室里格外安静。有些同学在哭，老师来了，对我们说："这次输了不要紧，关键是我们团结，团结就有力量。"这是我收获的第三缕阳光,它的名字叫团结。

团结同学,与人真诚交往是学生的优良品质和健康心理素质的具体表现。一个班级就是一个大家庭,同学之间彼此要互相关心、互相礼让,有不同意见要互相协商解决。能够倾听别人意见是一个人的优良品质,虚心向别人学习,多发现别人的优点,这也是团结同学的一个基础。

有一次,那是在一节美术课上,美术老师叫我们把上一节课讲的画完,然后再用黑笔勾边涂颜色,可我没有带水彩笔,也没带勾线笔。那时候,我很着急,心里想:没办法沟边涂颜色怎么办?接着,同学看见了就拿出他的勾线笔和水彩笔给我用,我很感激,比吃了蜜还要甜,我这一辈子都不会忘记那一刻的感受。这是我收获的第四缕阳光,它的名字叫友情。

友情是人最宝贵的财富,无论你走到哪,身处何方,都会有一段温馨的回忆伴随着你。友情不像铁,越炼,越氧化,最后化成一缕轻烟。友情像金子,越炼,越纯,永远闪烁着金色的光芒。

记得有一堂口语交际课,是介绍一件物品。我们小组的同学选我当代表,我既紧张又兴奋,心里好像有一头小鹿在乱跳。我认真在台下做着准备,小声给自己演讲着……不一会儿,该我了,我紧张极了,手抓着裤边上了台。到了台上,我先向大家鞠了一躬,然后拿着我要介绍的物品——笔袋,对大家说:"同学们,看,这,这是一款粉色的笔袋……"我的额头上流下了豆大的汗珠,更紧张了。那充满稚气的声音在教室回荡着,时不时结巴一下,站在最后的老师好像看出了什么,对我笑了一下,眼神中散发出鼓励,好像在说:"不要怕,大胆介绍吧!"顿时,我感到一股自信如泉水般一涌而上,我开始不再结巴,大声介绍起来,最后介绍完,全班掌声如雷。老师的目光,使我克服了困难,使我充满了自信……这是我收获的第五缕阳光,它的名字叫自信。

如果说生命是一座蜿蜒的长城,那么自信就是那层叠的基石;如果说生命是一艘远航的船,那么自信就是那船的风帆;如果说生命是炽热的太阳,那么自信就是那万丈光芒。自信最真,没有自信,生命的动力便杳然西去;没有自信,生命的美丽便荡然无存。

小学旅程已经过半,我的阳光行囊收获满满,给了我奉献的感动、礼貌的感动、团结的感动、友情的感动、自信的感动。

我和学校的感动故事

　　生活中的许多事情,就像夜空中的星星一样,多得数不清。细小的事情,以及一句话都会让我们感动。感动往往只是一瞬间,它可能是转角的一次回头;它可能是你在受挫折的时候一句鼓励的话语;它可能是你在失败时一个肯定的眼神……

——卢钆霖

　　有人说,人不是缺少美,而是缺少发现美的眼睛。我也这样认为,在我心中最美的就是我的语文老师袁老师了。学校里她和蔼可亲,尽职尽责,是一个不可多得的好老师。

　　袁老师是三年级时来到我们班级的,那时我们大家都很小,一、二年级才熟悉的老师走了,三年级时又来了一名新老师,大家很不习惯。课上,我只敢把手举得十分的低,即使这样袁老师还是注意到了我,在课上常常叫我来回答问题,渐渐地我也习惯了这位"新老师"、这种"新生活"。课上手举得高了,回答问题的声音也变得洪亮了起来。下课后袁老师叫道:"卢钆霖同学,这就对了。希望你以后继续坚持哦!"

　　回到教室,我心想:老师对我这么好,我也要帮帮老师。在一个月后的课代表竞选上。我以压倒性的优势当上了语文课代表,当时我高兴极了。自从当上课代表后,办公室常常出现我的身影。我帮老师改作业、抱东西、整理桌面……在每个月的颁奖环节,总可以看到我的身影,每一次我都是那么的自豪。

　　有一次,我们学校进行了期中考试,每一个人都在紧张地复习着,期中成绩单发下来后,我感觉像是被谁打了两巴掌似的,心中十分难受。几节语文课,我时常看向窗外,发出叹息声,袁老师也发现了我的异样,把我叫到办公室,我心想完蛋了,今天"小命难保"了。到了办公室,老师不但没有批评我,反而耐心地说:"这只是一次小考,没事的,好好分析问题出在哪儿,争取下次不会错了,你不会的都可以问老师。"离开办公室后,我的眼里不时闪过丝丝泪光,豆大的泪珠落了下来。袁老师这一句话深深地感动了我。在老师的鼓励下,我的心情渐渐好起来了,成绩也有了突破。

　　失败乃是成功之母,这是袁老师告诉我的道理,倒下了,就爬起来,只要你一直坚持,就一定会成功。袁老师在课上常常给我们讲哲理,让我们更加确定未来的路该怎么走。我十分感谢袁老师对我的谆谆教诲,是她的鼓励让我充满希望。谢谢袁老师对我的关心。这些都是一些平平无奇的小事,可在我看来就是最令我感动的事。

生活是美好的,感动这两个字蕴含着温暖,感动的过程伴随着成长,只是一个微笑、一句话、一个真诚的眼神,都会让人感动。感谢每一位老师的付出,谢谢老师!

老师的眼睛

　　有人说,眼睛是心灵的窗户,而老师的眼睛则是传播爱与知识的窗户。在人和小学,我就有幸遇到了一群严厉又不失慈爱的老师们,共同度过了四年的美好时光,在这些时光中,老师们的眼睛在我心里留下了深深的印象。

—— 曲　芳

　　数学老师肖老师是我们的班妈妈。她的眼睛严厉而又充满慈爱。"教子教女,辛勤半辈。满头白发,甘乳一生。"肖老师的眼睛看上去平平无常,却会教会我们自尊,自强,自爱。

　　三年级时,到期末考试最后几天,一连好几张试卷同时发下来的哗哗声,已不像春蚕吃桑叶的声音那样温柔,而是如暴风雨那般猛烈,让我们猛地紧张起来。而这次,这么简单的题目却让我们"大败而归",我身后的小胖同学更是拿了个全班最低分。上课了,背后的小胖同学还淡定地与周公下棋呢。天哪,这节课可是肖老师的呀!肖老师迈着轻快的步伐走了进来。她走上讲台,锐利的目光扫视了一眼同学们,大家皆是心虚,更有甚者头都快低到脚面上了。肖老师细细的柳眉一挑,点名道:"小胖同学,和周公打牌打得怎么样啦?这次考得怎么样呢?"一句话惊醒梦中人,小胖同学被吓得手忙脚乱,书掉了一地,还差点从椅子上掉下来。大家都被逗笑了,就连肖老师也因小胖的动作而忍不住笑了。经老师一说,小胖同学恨不得在地下挖出一个四室一厅躲进去。他支支吾吾了半天,用手使劲儿地拽着衣角,小声地说:"老师,能不说吗?"说完,头又低了下来。同学们都笑了,小胖的脸唰地就红了,红得赛过关公。肖老师见状,也不为难小胖,示意同学们安静,让小胖同学坐下了。"下次不许这样了。"肖老师不生气了,一个个毛茸茸的小脑袋都抬了起来,互相看了看,又继续听课。

　　肖老师忠于数学,热爱数学。她每次教我们数学都十分认真。肖老师其实很和善。同学们上课都是十二分愉快与认真。

　　我们的语文老师张老师,他总爱穿一件条纹衫,脚踏一双擦得锃亮的大皮鞋。他的脾气很好,大家都很喜欢这位好老师。下课了,同学们都恋恋不舍,总是送他到办公室门口才各忙各的去。

　　这双神采奕奕又与众不同的眼睛,既严厉又和蔼。那双眼睛里,喜怒哀乐就是像放电影一样在他眼前显示出来。

　　考试时，老师的眼睛扫视着每一个人，似是在鼓励又似乎在警告不许作弊。上课时，有人在开小差，老师的眼睛就盯上了他，眼睛里似乎有一点失望。要是这名同学看见了这双眼睛，定会识趣地把手放下来，专心听课的。

　　我们的田老师是严肃又不失和善的女教师，水汪汪的大眼睛像天上一眨一眨的星星一样明亮，比黑宝石还美，就算戴着眼镜，也怎么看怎么喜欢。田老师的眼睛不仅又大又亮，还会说话呢！上课时，总会有一些同学不老实，他们有的传纸条，有的在走神儿，有的在把玩钢笔，有的在聊天。这个时候，田老师总会转过脸来，严肃地看着某同学。这位同学心知不好，便赶紧侧过脸，尽量避开老师的眼睛，没事人儿般地看黑板。

　　老师的眼睛是我读不腻的课本。童年的时光，纯洁得像婴儿的眼泪。老师的眼睛像一束光，指引着我们向远方前行。我对老师的感恩，如同红木椅子，年头再老，也那么结实，耐磨耐碰，而且漆色还总是那么鲜丽。

人小,洒下我们欢声笑语的家园

"弹指一挥整百年,桃李芬芳春满园",我的学校人和小学,始建于1922年,2022年迎来了她的百岁生日。回首人小这一百年,从老旧的龙礼人联立艺术小学经历无数风雨走到了今天,百年老校,根深叶茂,这厚重的历史奠定了浓郁的文化积淀。

—— 卿 影

窗外的桂花香随着微风飘了进来,记忆的阀门被缓缓打开,将我拉进时间的漩涡,眼前的风景快速倒退,身边的物体渐渐重合,恍然间,我又回到了刚上小学第一天进入校园的情景。我拉着爸爸妈妈的手,懵懂中走进初秋的校园,扑鼻而来的是满园的桂花香,同学们一边嬉笑,一边向教学楼走去,倒和两旁的花草相映成趣。

走过长长的走廊,几只彩色的蝴蝶在走廊两旁的花朵上跳舞,一排排整齐的教学楼映入我的眼帘。校园里绿树成荫,繁花似锦,自然风景与人文景致相映成辉。告别天真无邪的幼儿园生活,我们来到生机勃勃的小学,我们在教室学习,在音乐室歌唱,在操场奔跑,在走廊嬉戏……每个地方都留下了我们的欢声笑语,我们在这里茁壮成长。

人和小学陪伴着我已经5个年头了,经过繁忙的期末,我们迎来了盼望已久的暑假。早上可以睡到自然醒,下午可以挑一本自己喜欢的书安静地看上半日,累了趴在桌上,眼光飞过窗口望向远方,那好像是学校的方向,我不由得怀念起我的学校,怀念那些可爱的同学,怀念我们丰富多彩的校园生活。课后闲暇的时候,我和小伙伴们溜进学校的后花园,寻找着草丛里的蟋蟀,追逐着五彩的蝴蝶和蜻蜓。偶尔背靠着大树,想象着"倒霉"的牛顿当年是怎么被苹果砸到的……

还记得去年秋季运动会,拔河项目上我们五班和一班通过重重困难"杀"入前两名,在操场进行最终的决赛。前两局一比一战平,第三局一开始,我们班没发挥好,绳子被一班拉过去了一些,同学们急了,憋着一口气,脸都涨得通红,身体后倾,双手紧抓着绳子,使劲用脚蹬地……围观的同学、家长、老师也卯足了劲地为我们加油打气。我们一步一步地把中间的绳结拉过边线,随着裁判员一声哨响,我们赢啦!

感受到胜利的激动,我们身体一放松,全倒地上了,有的同学的手掌被绳子勒出深深的红印,却全然不顾,躺在地上开心地笑了。人小的同学们团结友爱,互相帮助,人小的老师们无私奉献,有了你们的谆谆教导我们才会有今天的进步。

六年的小学时光很快将要过去,人小带给我的是花草树木的芬芳;是铭记于心的书香;是海纳百川的包容;是不断进取的斗志。愿所有人小的同学们从这里开始展翅翱翔!

我的校园，我的家

一排排苍翠欲滴的大树；一幢幢错落有致的教学楼；一声声清脆明朗的读书声……这就是我的校园，我已在这里生活五年的校园。在这巨大的校园里，有着温暖、乐趣、感动。

——舟丰硕

同学们弯下腰，捡起地上的垃圾；清洁阿姨把校园打扫得干干净净；食堂阿姨尽量往我们饭碗里多盛一些饭菜。平凡的小事，却让人感到温暖。

在教室里，老师便成了我们一生的引导者。下课时，老师精心备课，把知识的精华总结起来，再加上长年积累的经验，使教学更加顺畅。上课时，老师力争把全部知识毫无遗漏地传授给我们。我们放学后，老师还坐在寂静的办公室里奋笔疾书，批改着堆积如山的作业。到傍晚时，路灯都被点亮，老师才借着星星点点的灯光走回家。我们失败时，是老师为我们加油打气；我们遇到困难时，是老师为我们耐心指导；我们成功时，是老师告诉我们"谦虚使人进步，骄傲使人落后"。老师无私奉献的精神难道不令人感动吗？

校园不仅仅是知识的海洋，还让我感受到了乐趣和团结的力量。

在操场，一只恶毒的蚊子把我和同学们叮得上蹿下跳。我和同学们便决定与这只蚊子斗智斗勇。我一个跟头扑了过去，蚊子也不傻，像一支离弦的箭似地飞出了我的包围圈，其他同学也都纷纷前去迎战，但都败下阵来。我们又商量一番，便开始了合作。一位同学冲向前去，伸出手臂，那只蚊子小心翼翼地向前试探了一下，估计它有一种不祥的预感，又飞走了。但这次它怎样也逃不出我们合作的手掌心了。另一位同学早已绕后等待，这位同学一动也不动，蚊子果然上当了，我们果断冲上去，"啪"——蚊子"牺牲"了。这一次打蚊子真是乐趣无限，还让我感受到了团结的力量。

人和小学就是我的第二个家，我在这个家里生活、学习，家里有许多敬爱、可爱的家人陪伴着我。我爱你！百年人小！

谢谢你，母校

母校是巍巍大厦的地基，没有它，我就只是一堆散乱的小石子；母校是万年古树的树根，没有它，我就是一片即将腐烂的树叶；母校是熊熊烈火的引星，没有它，我就只是一把冰凉的木柴。如果我是枯草，母校就是甘露，带给我生命与避雨的港湾，驱散我心中的迷茫。

——唐梓宸

还记得我上幼儿园，妈妈经常牵着我的小手，带我去人和小学，那是一个以环境优美、博学创新、团结诚实、快乐学习、科学育人著称的学校。

在这书声琅琅的土地上，有着迷人的小道、郁郁葱葱的小树林、宽阔平坦的操场、雄伟的教学楼，以及多功能综合楼。当我右手拿着录取通知书，左手牵着妈妈，来到人和小学，看着这个熟悉而又陌生的百年老校，我心里充满了激动，又带着一丝紧张。

走进校园，看着校园的花草树木，再看看通知书上的一年级三班，我有些兴奋，有些欣喜。这时，一名面带微笑的老师走来，拉着我的小手，把我带到了一年级三班，后来我才知道，他是我的班主任——陈老师。从此，我开启了小学的生活。

二年级的时候，我和小伙伴们参加了淘书乐活动，我们把家里不要的书拿来卖，看着箱子里的钱一点一点地堆成小山，我和小伙伴们十分激动，因为这是我们自己努力挣来的第一笔钱。

三年级的时候我们班换了班主任，我心里暗暗想着，新班主任是男的还是女的？凶不凶？当老师走进教室，全班都目不转睛，新班主任长长的头发，一双水汪汪的大眼睛，眉毛弯弯的像小船。啊！新老师真漂亮呀！我一眼就喜欢上了她，新老师告诉我们："我姓邓，以后就叫我邓老师。"在一年的相处下我们班学习激情越来越高，我们对学习充满了热爱。

四年级，我第一次参加了接力赛。比赛开始前，我十分激动，感觉心里有一万匹马在奔腾。比赛开始，随着哨声响起，第一个同学拿着接力棒冲了出去，过了一会儿，对面的同学跑了过来，把它给我，当我拿到接力棒的那一刻，我顿时感到四肢无力，这时老师用温柔的语言鼓励我，不管多艰难都不要放弃，令我心中涌起一股暖流，我坚信，只要努力就一定会有收获，终于，我们取得了最后的胜利。看似不起眼的点点滴滴，却使我们感受到了家一般的温暖。

感谢人和小学，感谢人小的老师们，让我从懵懂的孩童变成有志少年，是你们让我学到了知识，获得了友谊。你们就是一盏指航灯，照亮了我们人生的道路。世上最伟大的是父母，可比父母更伟大的是老师，当你们站上三尺讲台，这就是最美的风景。

母校啊，你的好说不完，道不尽，你给予我们太多的希望，我和母校还有两年的相处时间，我一定会珍惜这两年的难忘时光，让自己的梦想展翅高飞。

春风十里不如你

一年好景君须记，最是橙黄橘绿时。2021年9月1日，迎着秋日灿烂的朝霞，我正式成为人和小学的一名小学生啦！我的梦想将在百年人小扬帆起航！

——魏语宸

从新出发

新的校园，新的老师和同学，小学的一切对于一年级新生的我来说都充满了憧憬。阳光透过树叶间的缝隙洒了一地的斑驳。飒爽的秋风里，一种说不清道不明的温情正在悄然蔓延……

语文课上姜老师会联系课文发散性地给我们补充很多课外知识，内容多彩丰富，声音抑扬顿挫，形式新颖别致。每一堂课，同学们就像初春那按捺不住的小草，萌动着寻找破土而出的时机，贪婪地吮吸着春天的雨露，努力发芽，展叶，绽放……您不是演员，却吸引着我们饥渴的目光；您不是作曲家，却让知识的清泉叮咚作响；您不是雕塑家，却塑造着一批批青少年的灵魂。

从欣出发

姜老师还是一个神奇的预言家，自从您对我说"我发现只要你得了一次100分，后面就很容易连续得100分"后，每次考试提前完成试题，我的思绪已经迫不及待飞奔向操场时，您的话就萦绕在我的耳畔，我赶紧聚精会神检查自己的试卷，考试结果出来，我果真又得了100分！

每当学校组织各项活动时，您总是轻声问："你要报名吗？"记得有一次活动，学校要求办手抄报歌颂建党百年伟业，抒发爱国情怀。可我并不擅长画小报，因为您信任的目光，我积极报名并在周末全力以赴地准备，虽然结果并不是很理想，您却和风细雨般对我讲："魏语宸，不错！你这次的小报比上次有很大的进步，你很棒！"从那以后，无论学校组织什么活动，我都积极踊跃报名，没有好的成绩就在过程中成长，有好的名次就在过程和结果中收获。我一直记得您对我讲的话，只要我比昨天的自己更优秀就很棒了！

艺术节开幕式主持活动，当我第一次站在舞台中央，心里就像十五吊桶打水——七上八下，唯有您坚定的眼神能漫过山岭的薄雾，让我更加从容自信！

姜老师的每一句鼓励的话语,一个肯定的眼神,一抹淡淡的微笑,像夜晚的清风从宁静的琴弦间吹送出来的音乐,像款款而至的春风使人顿时面朝大海,春暖花开。

从心出发

每天在学校和姜老师朝夕相处的时间比在家和妈妈相处的时间还多,您就像我们第二个妈妈。当班里的男同学被高年级哥哥的足球砸到,您知道后就像护崽的鸡妈妈,立刻找到踢球的哥哥,让他给我们班的男生道歉,并批评教育高年级的大哥哥,让他课间活动要注意自己和其他同学的安危。

一天中午,您拄着双拐一步一顿地走进教室。来到讲台前,您先是向右微微倾斜身体,缓慢抬起那条包扎得像粽子一样笨拙的左腿,轻轻放在台阶上,脚尖掮地,然后将双拐贴紧腋下,手掌扶稳支架,大臂带动前臂和双手同时发力,右脚紧跟而上迈上讲台,脚跟不稳又趔趄了两步。初春的三月乍暖还寒,我们都还穿着薄外套,坐在第一排的我发现您额头不由得冒出几排细密的汗珠。

上午的语文课您已经请其他班级的老师代为授课,因为放心不下我们,腿伤得那么严重也不肯安心在家好好修养。就算到了学校您也时时牵挂我们,忍受疼痛来教室查看我们的午饭和午休情况。姜老师对我们的爱,像春晖融雪,使万物复苏。

疫情防控战中,姜老师教导我们"人人都是战斗的主角"。您让我们每个人从自身做起,加强锻炼,增强自身抵抗力。您还利用网络指导我们学习,为我们答疑解惑。您说,每个孩子都是未来世界的建设者,眼前发生的一切,就是一本生动而深刻的教科书。我们不会忘记,在这场防控疫情的战争中,您让我们知道了如何与自己相处,与社会相处,让我们懂得了担当的意义,懂得了团结的意义。

姜老师既像慈母又似严父,尽职尽责地照顾我们的学习和生活。您用知识的甘露浇开我们理想的花朵,用心灵的清泉浸润我们情操的美果。

掬水月在手,弄花香满衣

春蚕吐丝丝丝不断,蜡烛照亮路路通明。鸦有反哺之恩,羊有跪乳之德,可老师却从不索取,只是默默用自己的汗水浇灌一朵朵希望之花,一棵棵栋梁之树。姜老师,如果把您比作蚌,学生便是蚌里的砂粒,您用爱去舔舐它,打磨它,浸泡它,经年累月,沙粒变成了一颗珍珠,光彩熠熠,而您鬓角那几根若隐若现的银丝,是岁月和时光对您热血青春打上的印记。您像那退潮的海水,把五彩的贝壳留在沙滩上。您像溪流上空的明月,把美和真根植在我们幼小的心田。

春水初生,春林初盛,春风十里,不如您。纵有千言万语,我只想对您说,姜老师,谢谢您!姜老师,我爱您!

梦想启航的地方

时间过得真快呀！转眼间我已从人和小学毕业了。

六年来，老师的谆谆教诲，同学们相处的点点滴滴仍历历在目；六年来，我们在学校每个角落的追逐嬉戏还记忆犹新；六年来，"人化自然，和润于心"似春雨之于春笋，一直滋润着我的心田，伴随着我在学校成长的丝丝缕缕。回首过去的六年，那个懵懂、羞涩、胆小的我如今已焕然一新，变成阳光、大胆、自信的新时代少年，这就是文化与信仰的力量。

——肖林骏

由于在家有父母和长辈们的溺爱，刚入学时我对新环境表现出高度的不适应。我不喜欢学习，上课与同桌讲话、不听老师讲课。下课之后就喜欢到处疯跑，与同学们打打闹闹，像一个不守规矩的顽猴。

记得在一次与同学的游戏中，我不慎将另外一个同学的眼角打破、鲜血直流，我顿时就被吓傻了，心想这次闯祸了。于是我赶紧开溜，躲到了学校的角落，不知如何是好。只听到外面一阵阵的喧嚣，没过多久，就平静了下来，我心里害怕极了。

突然，一双温柔的手抚摸我的头，"肖林骏，没有关系，你别怕，同学们说了，你不是故意伤害他的，现在他的伤口已处理好了，没有大碍。"我恍然回头一看，原来是陈老师，我被吓得说不出话来，陈老师让我平静了一阵子，接着对我说："肖林骏，因为不是你故意犯错，所以，这次老师和同学都原谅你了。人都会犯错，但是你记住，我们不能原谅同样的错误再犯第二次。""老师，我……"紧接着泪水潸然而下。这便是我入学以来印象最深、体会最真切的话。

当天放学，怀着忐忑的心情，我回到家中，心想今天要挨揍了。但事情并不像我想的那样。妈妈用严厉的目光打量着我，我不敢看她的眼睛，不一会儿，妈妈开口说道："今天学校的事，陈老师都告诉我们了，你自己学习去吧。"我心里犯嘀咕，怎么妈妈今天没发火。后来，我才从爸爸那里得知，原来针对此事，陈老师特意告知了爸妈，小孩难免犯错，要宽容对待，动之以情，晓之以理。

现在回想起来，这是一堂生动的、言传身教的教学课，让我懂得了什么叫宽容。

由于我长得高，在班里的座位通常在最后一排，上课容易走神，陈老师便和爸妈讨论，把我的座位从最后一排慢慢调到了前面两排，提升我的学习积极性和上课的注意力。为了提升我在班里的归属感和集体荣誉感，老师们还鼓励我去竞选班干部，参加学校运动会。

在校运动会上，我代表我们班参加男子100米比赛。由于第一次参加100米比赛，我有点紧张，哨响的那一刻我并没有冲出去，眼见其他同学大步流星在前，我急得一边哭，一边无力地跑，裁判老师见状，立即叫停了比赛，将参加比赛的同学叫到了一起，对大家说道："肖林骏同学第一次参加比赛，有点紧张，我们重新跑一次，再给他一次机会，作为对他的鼓励和支持，好不好"？这时，有些同学面露疑难之情，老师见状，立即又说道："友谊第一，比赛第二，关键时候，大家要互助互爱啊。"老师的话打动了大家，参赛的同学一致同意重新再跑。于是我再次鼓起勇气，不负老师和同学们的期望，最后，在比赛中勇夺第一。

我的自信和学习爱好是一点点培养起来的，后来的几年，在学校文化的感召、老师们的耐心指导下，我逐渐养成了爱学习、爱劳动的好习惯，成长为一个有自信的阳光男孩，也深得老师和同学们的喜爱。

今天，回望过去，再体味"人化自然，和润于心"的真谛，对我而言，她是对"小树苗"的精心培育，浇灌干涸心田、校正生长方向、注入充足营养；她是"春风化雨下，润物细无声"；她是万千学子走向成功的文化精髓。

拳拳学子心，悠悠"人小"情，正是对培养这千千万万人才"摇篮"情感的真实写照。相信在开启新纪元后，"人小"必将继往开来，为国家和社会培养更多、更优秀的接班人，迎来下一个百年辉煌！

平淡的小学生活

那年的夏天我初次来到了要在这念六年书的校园,踏入校门我就开始东看看西看看,观察起校园里的一切。比幼儿园的小坝子大很多很多的操场、篮球场、网球场。参观完学校之后没几天我便入学了,开始了我的小学生涯。

—— 许逸凌

一日又一日的上学生活,让年幼的我脑中开始有了不想上学的念头,但随着年级的升高,这个想法便淡了许多,因为根本没有什么理由能待在家里,除了生病。不知不觉中,六年过去了,我即将毕业,就算是不舍,也不能再在这里读书了。

举行完散学典礼,我和其他几个同学留了下来,因为要交自己画的吉祥物,交到一起后,我们又和班主任刘老师聊起来,刘老师和我们分享了让她感动的一首歌《心愿》,她说这首歌很像她的青春,听着听着班主任便哭了起来。也许是想到了以前的事,也许是看着我们毕业了,从这首歌中体会到了什么。我们坐在椅子上陪着刘老师静静地听,这首歌缓缓的旋律中透露着淡淡的忧伤,从歌词中似乎能看到从前。"湖水是你的眼神,梦想满天星辰……"歌声一遍又一遍,温柔地、轻轻地唱着,刘老师默默擦着眼泪。

这一天我记忆深刻,一直以来对我们高标准、严要求的刘老师,此时却因为一首歌流泪了,也许在当时我感到不解或是好笑,但是在以后我说不定也会这样,毕竟每个人都会有伤感的时候吧。

天下没有不散的宴席,小学简单快乐的生活结束了,我即将踏上新的求学之路。不知道我是开心放假没作业,还是伤心以后上学没有熟悉的同学,心情很复杂,没有想象的那么开心,也没有很悲伤,有些庆幸,又有些不舍。等学业有成时,我一定会再回到母校来看看引领我进入知识海洋的老师。因为你们的默默付出,为我们点亮了一盏明灯。

我和人和小学的故事

2017年9月，我成为了人和小学的一名小学生。时光如梭，在人和小学学习的五年时光里，我从一个稚气未脱的孩子成长为一名合格的少先队大队委员、一名能上赛场竞技的网球校队队员、一名品学兼优的"和雅少年"……2022年，人和小学迎来她的百岁生日，而我成为百年老校的又一届毕业生，我心中感慨万千，这是何等的幸运与荣耀。回想起我的小学时光，在人和小学的每一天都是充实和快乐的，充满朝气与活力的校园也成就了快乐的我。

—— 杨景雯

充满朝气的人小早晨

人和小学的校园花草繁茂、绿树成荫，自然风景与人文景观交相辉映。每天清晨，足球场、网球场、文体教室等各个场地上都有同学们训练的身影。我在二年级的时候开始接触网球并成为校队的一员。几年时间，我在老师的悉心教导下取得了小小成绩，不仅锻炼了身体，也磨练了战胜困难的勇气和意志。见微知著，放眼校园，到处都是小小运动达人、小小科技家、小小画家……我们在校园里享受着自己爱好带来的知识和成长的乐趣。

在爱的环境里茁壮成长

"就教育而言，创新远远不够，最重要的是爱。"我们的杨敏校长就是这样一个充满爱的"大家长"。每天清晨或者傍晚，我们经常能看到杨校长牵着同学们走在校园的身影，她跟我们聊天，问我们所学，还解答我们的疑惑。在她的带领下，人和小学不仅开展各类文体活动，为同学们搭建各种展示自我的平台，比如科技节、艺术节、趣味运动会、读书节等大型活动，还邀请我们的爸爸妈妈来到校园与我们共同参与到活动中，和我们像伙伴一样并肩作战，共同面对挑战，分享胜利的喜悦。

传承——作为百年老校的又一届毕业生

人和小学是全国校园足球特色学校、全国青少年校园网球特色学校、重庆市科技特色学校，学校获得的各种荣誉称号不胜枚举。在人和小学的培养下，我们正向着"和雅少年"的目标迈近。"品德敦雅，谈吐儒雅，举止文雅，学识慧雅，美趣高雅，体魄健雅，时雨春风，静待花开……"这样充满中国范儿的少年,是我们新一代少年的榜样。我很庆幸,我是其中一员,我更加庆幸的是作为百年老校人和小学的又一届毕业生,我将再接再厉,发奋学习,扬帆再起航!

感恩老师

小鸟感谢蓝天让它自由飞翔,花儿感谢雨水让它健康成长;鱼儿感谢海洋让它快乐生活;我感谢老师传授给我知识,教会我种种道理,陪伴我们一起成长。

—— 杨熠琦

我的语文老师,有着一缕长发,舒展的眉毛下是一双不大不小的、炯炯有神的眼睛。她带着一副眼镜,这神奇的眼镜似乎能看到我们内心的想法。眼镜下方是塌塌的鼻梁,还有一双能说会道的嘴巴。她喜欢在大课间时打篮球,所以她的脸总是红彤彤的。她的个子不高,身材瘦小,放学时她甚至可以和六年级的同学融为一体。她的脸上每天都挂着微笑,同学们都很喜欢她。

记得有一天中午,老师发烧了,她红彤彤的脸变得苍白,眼睛不再那么炯炯有神,而是布满血丝,走路摇摇晃晃,感觉一不小心就会摔倒。当她一走进教室,看到跟菜市场一样的吵闹,不由得叹了一口气。听到老师的声音,教室里瞬间鸦雀无声,这时同学们才发现老师发烧了。之后的课上,教室里只是时不时传来几声老师的叹气声,和大家翻书抄笔记的响声。

时间过得很慢,老师头上的汗珠越积越多,永远也擦不完,虽然教室里安静得出奇,但老师说话仍然很费劲。此时老师一定很想休息,但钟表上的分针不紧不慢地走着,似乎在和她作对,每一秒对于她都是煎熬,连呼吸都要变得困难,大家本以为老师会提前去休息,可哪想到老师竟然带病上课。

都说老师的一生所谓是"春蚕到死丝方尽,蜡炬成灰泪始干"。老师总是一味地付出,就像是园丁为花草修剪枝叶,蜡烛为我们燃烧。我愿所有做过的题目都变成感激,愿所有学过的知识都变成力量,愿所有走过的上学路都是绵延一生的祝福。

我和我的老师

时光如水，光阴似箭。转眼间，我在"人小"已经生活了四个年头。回忆起这些年的点点滴滴，磕磕绊绊，一幕幕感动的画面浮现在眼前，犹如天上的繁星，数也数不尽，但让我永远忘不了的还是刚入学那年。

——杨蕴涵

那次我上一年级，快放学了，但窗外依旧阴雨绵绵。那一滴滴的雨水，仿佛看透了我的心思一样，于是变本加厉地一起砸在窗户上，地上依旧是水的天地，湿漉漉的。从天而降的雨水，丝毫没有停止的意思，在地上欢快地飞扬着一朵朵浪花。点点雨滴，一起跑入水坑中，泛起一圈又一圈的涟漪。这雨一直不停，就好像此时此刻我的心情，焦躁不安。

"叮零零零零……"终于放学了，大家都背上书包，飞奔向校门，投入父母的怀抱，三把伞，一个温馨的回忆。而我却站在保安亭窄窄的伞檐下，望着滴答的雨水，再望向灰灰的天空，一阵孤独的心情涌上了我的心头。同学们纷纷与我告别，本想着雨会自己停下来，这样我便能自己回家，可这雨就偏偏下得越来越大，始终未见到爸爸妈妈的身影，我感到了无比的失落及无助。

这时，一道光出现了，老师打着一把小伞走了过来。老师上下打量着我，问道："这么晚了，你怎么还没回家啊？"我故意压低了声音嘀咕道："可能爸爸妈妈在忙吧。"老师关心地摸了摸我的头，笑着说："那我送你回家吧！"我激动地点了点头，心中被雨水浇灭的火苗又燃起了希望。

那把伞格外的小，小得和老师并肩走在路上半个身子都会被淋到；但那把伞格外的大，大到温暖了我小小的心灵。这时，老师看见了我淋湿的肩膀，二话不说，往右走上一大步，又把伞递给了我。我被老师这一举动给惊到了，急忙问："老师，您不打伞吗？"老师转过头，笑了笑，对我说："不用啊，老师喜欢走在雨里的感觉。"真可惜，当时我还很天真，一点不明白老师这么做的原因，后来才知道我有多么的无知。就这么一步一步听着雨声，到了我家门口。我跟老师摆摆手，老师也对我笑笑，便转头小跑向远方。那一刻，我站在原地愣住了，那个熟悉而又陌生的背影在忽闪忽闪的灯光下，显得格外的高大。

第二天,老师迈着沉重的步伐走上讲台,他显得那么的憔悴,他脸色苍白,非常虚弱,像刚刚从沙漠中走出来的一样,踉踉跄跄,感觉随时要倒下。我一下子哽咽了,嗓子像被什么东西堵住了一样,如果当时我和老师一起打伞,老师就不会感冒了。老师为了送我多绕了一公里路,让我心里十分不好受。

您若是太阳,我就是小树苗,沐浴着您的光环;您若是一颗雨露,我便是百花丛中的一朵花,吮吸着您的营养;您若是一阵风,我就是一只风筝,乘着您的风,我会越飞越高,越飞越远!

一个特殊的中午

　　那是一个特殊的中午,期末考试前一天,老师来到教室,拍了拍讲台,郑重地宣布:"明天期末考试,语文考了95分以上的同学,我请他们吃饭。"听完后我心里想:那我得好好考,否则好吃的就与我擦肩而过了。

——易思言

　　考试结束后,一个消息传到我耳朵里:你考了95分以上哦。听到这个消息我又惊又喜,还有些期待,老师请我们吃什么东西呢? 什么时间吃呢? 是自己选吗?

　　那是一个非常热的中午。花草低下了头,蝴蝶不再舞蹈,就连小鸟都不愿展翅高飞。老师神秘地把我们叫到办公室,我的心情时而期待,时而疑惑,老师叫我们干什么呢? 是吃饭吧! 那会是什么东西呢? 可能是汉堡、披萨、鸡腿……想到这里我都开始咽口水了。只见老师缓缓打开一个盒子,一股股香味扑鼻而来,只见一个个酥脆可口的鸡腿静静地躺在那儿,好像在说:"怎么了? 呆住了? 还不快来把我吃掉。"一转眼,一块块披萨正向我招手呢! 仿佛在说:"别磨叽了,快来把我吃了呀!"最后老师把饮料袋子一打开,一瓶瓶饮料仿佛就是一个个士兵直直地站在那里。

　　还没等我看个仔细,一个同学一把抓走一个鸡腿,我也不甘示弱,拿起一块披萨一把塞进嘴里,大家就这样狼吞虎咽地吃了起来。

　　我们围坐在一张桌子上,惬意地吃着美食,时不时还聊几句,别提多舒服了。办公室里的每个角落都充满了我们的欢声笑语。

　　吃完后,大家在一起聊天。"这可真好吃。""对呀。""鸡腿又香又脆。""还有披萨又软又咸,真好吃。""饮料里面全是水果,可好喝了……"

　　当我沉迷于刚才的美味时,突然想到一个问题,我们待在空调房里,那老师在哪儿呢? 在给别的班上课? 顶着太阳上课? 渴得要命也没时间喝水,却要坚持上课? ……我越想心里越不是滋味,越来越难受,好像眼泪下一秒就要涌出来了。

　　想着想着,我就想到老师平时对我们的关心。一次,我带队放学时,正在下楼梯,忽然我的脚拌了一下,从楼梯上滚了下去,老师看见急忙跑过来着急地问:"没事吧?痛不痛?"满脸的担忧。还有一次,我到办公室帮老师绑戒尺,我疑惑地问老师:"为什么要用胶带绑戒尺呢?"老师想也没想地说:"这样打起来就不会痛呀!"

老师的关心、关爱一般不会很明显,这是一种细腻的爱,"它"会藏在一句话中,"它"会藏在一个动作里,"它"会藏在每个老师的心中。

我与人小的100个感动故事

校园生活像万花筒，五彩缤纷的颜色非常吸引人；校园的生活像调色板，上面可以有无数种未知的颜料；校园生活又像电影，最精彩的永远是下一幕。

——游沁锦

我特别喜欢人和小学。因为它洁净、美丽，还充满了欢声笑语。我和人和小学有许许多多的故事，但最令我印象深刻的是我的第一次入学报到。

我刚来到人小报道时，面对陌生的同学、陌生的环境、陌生的老师，有些"社恐"的我逐渐害怕起来，害怕听不懂老师讲课，害怕交不到朋友，害怕被老师打骂……一下课，同学们像一群欢快的鸟儿飞出了教室，有的同学在操场上嬉戏，有的同学在一起聊天，还有的同学在教室看书，我就像一只离群的鸟儿，无依无靠。可这一切都是短暂的，同学们、老师们用他们那颗温暖的心紧紧地包围着我，让我不再害怕。后来，我在人小不仅交到了许多的朋友，还学到了许多的知识。

"青少年是民族的希望，祖国的未来。"为此，选择一所新时代育人的小学事关重大，妈妈为此操碎了心。人和小学是诞生于1922年的百年老校，以培养雅言、雅行、雅体、雅趣、雅怀、雅思相统一的"和雅少年"为目标。于是妈妈在我升小学时，就毅然选择了这所学校。

我很高兴，因为我觉得人和小学确实是个好学校，我喜欢学校的早晨，它是忙碌的：学生们进入教室，教室里传来读书声，校门口的"小礼仪"不断地向老师、同学问好……

人和小学让我明白了团结就是力量。记得有一次拔河比赛，我们班已经做好了充分的准备，一个个摩拳擦掌准备和其他班级一决胜负。我们艰难地闯进了决赛，但还是不敢掉以轻心，因为我们这次的对手是拔河王者——五班。第一局开始了，我们卯足了劲拉，两队人僵持不动，队员们的小脸一个个涨得通红，红绳基本维持在白线上方，旁边的啦啦队不停地叫喊着"加油！加油！必胜！"老师们在旁边为我们喊着节拍，我们顿时信心大增浑身充满了力量，顺利拿下第一局。然而，在后面的两轮比赛中我们却输了，最终获得了第二名。但我们并不灰心，毕竟失败乃成功之母，有失败，才有成功！这也让我们明白了，友谊第一、比赛第二的道理。

在学校里与同学们一起学习，一起收获，一起成长。过节时想吃点什么，学校就会做什么,难道是未卜先知;春天来了,学校就会为同学们制定安全益智的春游踏青活动;每到过节的时候,学校会分发给我们喜爱的零食,我们就像小鱼得到了水一样开心,学校处处为我们着想,使我们在快乐中学习,在快乐中成长,在快乐中收获。

人和小学的孩子,人人阳光,个个自信,人人有追求,个个有特长,作为人和小学的一员我无比的骄傲。我亲爱的人小!祝您100岁生日快乐,祝您繁荣昌盛,您使我学到了知识,您使我获得了成长,您使我有了许多的朋友,您让我对新时代有了更好的认识,让我知道努力学习就是创造美好生活的最佳路径,每天保持前进、不要停,用强劲的实力和崭新的自己和新的时代一起成长。

在通往梦想的路上我不是迷恋风景的游客,也不是半路就放弃的胆小鬼,穿过眼前的荆棘,我会为自己骄傲,少年兴,则国家兴,我会朝着中华民族伟大复兴的目标奋力前行,谢谢您人和小学!

五分钟的温暖

　　冯老师,是我们人和小学的一名教师,也是我的班主任。在课上,她对我们严厉有加,如同辛勒的劳动人民,为我们种下智慧的种子;在课下,她会对我们嘘寒问暖,时常关心我们的想法,给我们提一些意见,哪怕只是五分钟,我也能感受到老师带给我们的温暖。

——张峰瑞

　　记得五年级时,我有一次考试失利了,但并不是偶然,是因为我学习状况出现了明显的问题,使我成绩下滑了许多,而我却只是消极面对,冯老师看在眼里,急在心里。在一个寒冷的日子里,在下课时,我被叫到冯老师的办公室里谈话。我非常不解,心想:我干了什么事,被请去"喝茶"了? 走在过道,寒风凛冽,刮在脸上生疼,校外也一片寂静,只有一两只寒鸦站在枯树枝上乱叫一阵。

　　"报告!"我推开办公室的门。"来了。"冯老师嘴角抹了一丝笑容。"你知道你为什么成绩下滑了吗?""不知道。"冯老师的神情突然严肃了起来,盯着我的眼睛说道:"你不是不知道,你是学习态度懈怠了,你不能再这样下去。"冯老师义正词严地说。我一时语塞,心想:全被说中了,看来我的毛病不小。冯老师继续说:"老师不是批评你,而是鞭策你,你学习成绩要好起来,我认为应该……"

　　听了一会儿,我眼眶有些湿润,原来冯老师并不是因为我成绩下滑而批评我、指责我,而是耐心地开导、鞭策我。冯老师说道:"老师看好你,我认为你有潜力,应该更努力,以后一定有成就,时间不早了,自己去悟吧!"

　　短短五分钟,我却感受到了冯老师的平易近人与细心温暖;短短五分钟,我知道了正确的学习方式,让我更加努力、刻苦。这时一抹红日从云中现出,一缕缕阳光照在身上,也照进了我的心里。

我们与人小的四年

　　每到早晨，我漫步校园，湿润的泥土气息一个劲儿地钻进我的鼻子里，道旁的小花上缀满了晶莹的露珠，如同一颗闪闪发亮的钻石，摇摇欲坠。电线杆上不知哪只小鸟展开了歌喉。每一片树叶仿佛变成了它的合声，呼呼地吹着，如同一场盛大的演唱会。歌声伴着我走到了大门口。让我不经想到了四年前，我刚进到这所学校的时候。

——周芮颖、李芮欣

初　识

　　到了学校大门口，"人和小学"这四个字出现在了我的眼前。和蔼可亲的保安叔叔，盛满热情的红色跑道，庄严肃穆的旗台，再加上花花草草的点缀，既透露出百年名校的沉稳与气度，又不失现代化的青春活力，主校道两旁的树木和盆栽让人赏心悦目。我望着这一切，心中的自豪之情油然而生。我们的校园，多么美丽啊！

经　历

　　我记得有一天下课，我走出教室，来到操场上，和伙伴们一起做游戏。当时，操场上有很多人，有的在踢足球，有的在跳绳，还有的在跳格子……天空晴朗，空气清新，我们欢乐的笑声回荡在校园的每一个角落里。同学们的脸上个个都露出开心的笑容，奔跑的同学、高大的教学楼、广阔的操场构成了我们美丽的校园。

　　就在这时，意外发生了，我突然被别人扑倒在地上，周围的同学都来围观。有的同学在一旁悄悄担心，还有的想上前扶但又不敢扶。就在这个时候，我们班那个胆小又内向的小女孩急匆匆地向我跑来。没错！她正是我最好的同桌，也是我最好的朋友——小唐。她关切地问："摔倒了？疼吗？"我见到她关心的眼神，要滴出来的泪水急忙收了回去。我缓慢爬起来，她使劲将我扶起来，当时我心里充满了温暖的感觉。她一边疏散着人群，一边努力将我搀扶到医务室进行了治疗。此后我们的友谊更加深厚了。

　　每当课间休息的时候，老师拿着一大摞作业本，咻咻地喘着气，就会有同学跑过去，微笑着说："老师好，老师，我帮您拿作业本吧！"老师微笑地点了点头说："谢谢啦！""没关系！"同学和老师不约而同地相视一笑。一束阳光洒下，好像为他们镀上一层金色的光环。

一个小纸片飞啊飞,身后跟着一名扎着两个小辫的小女孩,她快步走着,伸手去抓那在空中的小纸片,抓了几下,没抓到,便停在那里,等到小纸片落下来后,再急忙跑过去将它捡起来,放到垃圾桶里,透过阳光的照射,我看到了站在垃圾桶旁的她额头上晶莹的汗珠。我们的校园,多么美丽啊!

成 长

岁月的年轮一圈一圈走过,转眼间我褪去身上的幼稚,成长为一个知书达理的少年。闲暇之余,我不像一、二年级时疯玩瞎闹,而是一有空就手捧一卷书籍,静坐桌前,享受书的韵味。我惊叹诸葛亮的神机妙算,崇拜李白的豪情万丈,感慨雨来的勇敢冷静……书给予我知识,陶冶我的情操。同时使我明理:我懂得了尊老爱幼、帮助弱小,懂得了礼貌待人、文明用语,懂得了爱护公物、保护环境,我在进步,学校也在进步,我与学校共成长!

"路漫漫其修远兮,吾将上下而求索"。"叮—叮—"校园的铃声响起又把我的思绪带了回来,前途漫漫,我和我的学校将一直在路上,不断追求卓越。今天我以学校为荣,明天学校以我为荣!"风声雨声读书声声声入耳,家事国事天下事事事关心。"学校的教育,让我和国家紧紧联系起来。我将志存高远,努力学习,将来以优异的成绩来报效祖国、报效人民、报效社会。

传承人和小学百年名校精神
争当时代新人

—— 邓 鹏

缘起人和中心小学
——梦开始的地方

把记忆迁回那个世纪之交的年代,1999年的9月,一群六七岁的小朋友跟着班主任肖瑜老师开启了我们的九年义务教育生涯,筑起了新世纪祖国花朵的学习梦。

还记得那个年代,中国的经济并不发达,作为城乡接合部的人和镇上唯一的小学——人和中心小学,迎来了新一批小学生。这批小学生大多来自人和镇下辖区,包含万年、双桥、白林、重光等地。其中的50多位小朋友共同汇聚在人和中心小学,汇聚成1999级2班这个集体,汇聚在班主任肖瑜老师的周围,开始了纯洁美好、努力进取的小学学习和生活时光。

时至今日,我们还清晰地记得,这里有认真负责的班主任以及多才多艺的任课老师,他们帮助我们在自己的人生路上埋下梦想种子。在教授科学文化知识的同时,老师们也重视每一个学生德智体美劳的全面发展,不管是学习习惯的培养,还是个人人格的树立,都给了我们极大的启发。我们的班主任肖瑜老师时常教育我们,给我们讲述"穿皮鞋"的故事,熏陶我们的心灵,塑造我们的梦想。她希望我们不断努力,走出泥土走出大山,仰望星空,脚踏实地,为国家、为社会作出自己力所能及的贡献。

一代人有一代人的"长征"路

旧时的人和中心小学教学楼上贴有"时刻准备着,为共产主义事业而奋斗"的红色大字。短暂6年的小学生涯逐渐筑起了我们心中的梦想。而我们1999级2班的同学们也离开了母校,继续追逐梦想,让梦想逐渐发芽,逐渐长大。

那一群小朋友,如今年龄已快到30,成为了新时代的奋发向上的新青年,为实现中华民族伟大复兴的中国梦而接续奋斗。在中国共产党的带领下,他们开始了自己的"长征"路,不忘初心,牢记使命,立足所干的工作,作出自己力所能及的贡献。

在他们中间,许翔、张宇杰同学就读国防科技大学,成为了中国军人,主动前往祖国西部边疆，为祖国站好岗、守好边，立志保家卫国；叶倩同学成为了人民教师，甘做辛勤的园丁，教书育人，无私奉献，继续为祖国培养新的社会主义接班人；徐露、李智同学成为了人民医生，立志治病救人、救死扶伤，不辞劳苦，为人类、社会贡献自己的力量。还有很多同学分布在社会的各行各业，为社会贡献自己的力量。

很荣幸，多年以后我们这群人还能有机会回到母校，拜访我们的小学班主任老师，铭记着老师的教诲，也时刻提醒着我们：一代人有一代人的"长征"路，我们这群新时期的时代青年应该不忘初心，牢记使命，为实现中华民族伟大复兴的中国梦不断进步。

一个人走得快，一群人走得远

一花独放不是春，百花齐放春满园。我们1999级2班的全体同学依然还有较多的交流和联系，想着为家乡、学校事业作出自己的贡献。相互帮助，相互扶持，一个人虽然走得快，一群人却可以走得更远。

回望我们深爱的人和中心小学，沧海桑田，历经百年风霜，变革成为重庆两江新区人和小学校。她依然屹立在巴渝大地，秉承新时代"人人进步，和谐发展"的办学理念，坚持"求真至善、尚美博学"的学校文化核心，形成"博学笃行，慎思多闻"的教师精神，以促进学生终生发展为根本，开创具有自我风格的和谐教育，全力实施素质教育，继续办人民满意的教育，贡献社会。而我们这群同学们依然希望继续汇聚在两江新区人和小学，汇聚在班主任肖瑜老师的周围，听其教诲，铭记师恩，回报国家，回馈社会。

星空浩瀚，银河璀璨；传承人和小学百年名校精神，争当时代新人。

忆　人　小

当再次从朋友圈看到人和小学的消息时,才恍然想起来,那个亦师亦友的学校已经一百岁了,而我也是而立之年。很难用一个简简单单的词汇去描述人和小学和我的关系,因为它不只是一栋实体建筑,更是承载了我六年启蒙时光的珍贵记忆。

——　徐　璐

在脑海里首先传来的是若有若无的金桂花香,我知道那是九月的开学季到了。校园里宽敞的道路旁,林立的都是郁郁葱葱的桂花树,橘黄色的米粒小花颤出枝头,可爱迷人。第一次上学的紧张和不安,在醉人的花香下好像减少了许多。这是一个能让我喜欢和开心的学校,我对自己说。我们在桂花树下集合,懵懵懂懂地听着学校领导和老师的教诲,接下来的六年,我们和老师会一同在这片桂花林下成长。此后的每一年初秋,每当我们再一次背上书包,嗅着芬芳、雄赳赳地踏入校园的时候,我们就知道:新的一年,我们和人和小学的新故事又即将展开。

接着涌入脑海的都是在人和小学求学的经历。作为一个从农村来镇上上学的小朋友,我不是很清楚到底怎样学知识,这对一个6岁的小朋友来说太难了。而在人和小学,每个老师都丰富了我对学校的想象,仿佛一张神秘斑斓的地图缓缓展开,等待着我去描绘。

我们会在明亮几净的教室里学习课本知识:有能让我们提高文学素养的语文课,扩展思维的数学课,像一扇小窗户连接世界的英语课,当然也有快活银铃般的音乐课,释放活力的体育课,五彩绚烂的画画书法课等。幼小的我讶异于这一切,尽情地吸收这一切,像是沙漠里的弱小植株,拼命吸收老师赋予的甘霖,努力展开自己的茎叶,享受更多的阳光。

而老师告诉我,这只是冰山一角,她会带领我们继续探索这个世界。我们会在自然课上,真真实实地去感受自然。去广阔的田地里,看快乐奔跑的鸭子,满眼翠绿的树林,金黄丰收的稻穗,而后升起的袅袅炊烟,那是我们在野外学习自己做饭。在记忆里饭菜味道香甜诱人,尽是劳动后的满足愉悦。

我们也会在科技课上第一次接触电脑编程,试着让一个模拟的太阳东升西落,制作各种各样新奇的小东西,妄图借此改变世界,成为下一个爱迪生。事实是我们没有任何一个人成为科学家,但从此种下的对未知事物的好奇、创新意识在后来的求学生活里不停地生根、发芽,改变着生活。而在思想品德课上,老师除了告诉我们世界的规则、做人的准则外,也花大力气请来警察叔叔、消防员叔叔等,用真实经历教会我们保护自己,如何安全地从一棵嫩芽成长为参天大树,成长为一个对社会有用的年轻人。

这些都让年少的我受益匪浅。潜移默化的影响,从踏进飘满金桂花香的校园就已经开始了,在六年的日日夜夜里,在老师的谆谆教诲下,我们坚强快乐地成长。而后这种源源不断的影响更是促进了我接下来的中学、大学学业,甚至工作后,我都依然记得老师讲过的世界规则、做人准则,兢兢业业地奋斗在自己的岗位上,努力做一个对社会有用的年轻人。我们像老师一样心怀善意,尝试着从不同方面去改变世界。老师从思想上指导着懵懂的我们一直走光明大道,而我尽全力拯救着每一位小朋友的生命。

或许这就是百年人和小学存在的意义,一代代的传承已然深入人心,老师用个人微小的力量保护脆弱的种子,让种子得以在接下来的日子向着阳光拼命生长。

下一个百年,人和小学一定还能焕发新生机,因为代代老师们呵护的种子在不断地生长,最终手牵手长为生机勃勃的绿树林,就像校园里第一次见到的金桂树们,长大、开花和结果。

播种爱国情怀的游行

  翻看压在箱底的老照片,轻抚岁月留下的痕迹,我脑海里浮现出一生唯一参加过的一次国庆游行活动时的情景——那是由我们兄弟姐妹6人的母校:江北县人和一完小师生举行的"庆祝中华人民共和国成立10周年游行活动"。虽然时隔六十几年,其情其景却历历在目,令人浮想联翩。

—— 晏慧毅

  记得1959年10月1日早上6时,妈妈叫醒了我和二妹,吃了在公共大食堂领回的稀饭,妈妈为我们每人穿上唯一的一条花布连衣裙,我们便像初醒的小鸟欢快地飞向学校,一路上感觉风在唱,花在笑,四里多路小跑着很快便到了。

  慈爱和善又爱美的班主任梁克淑老师正忙着给同学们化妆。梁老师安排我和二妹装扮成维吾尔族小姑娘。我们俩头发较长较多,她耐心地给我们编成十几个小辫,又戴上一项用彩色纸做成的圆形小花帽,还拿出一面镜子让我们照了照,"啊!真像画上的维吾尔族小姑娘!"我和二妹都高兴得又蹦又跳。老师同学们见了都说"真漂亮!""真乖!"

  9点整,集合的钟声响了,我们来到操场,三位高年级的男同学站在最前面,两边各举着一面五星红旗,中间一位举着少年先锋队队旗,我们十二个化妆成少数民族的同学紧随其后。校长上台讲了庆祝中华人民共和国成立十周年的重大意义、游行的纪律以及注意事项后,游行队伍便向当时的"人和区公所"和"人和公社"办公地——人和公社瓦店子场镇出发了。

  由于路面较窄,只能三人一排并行,但参加游行的师生有五六百人,队伍形成一条长龙。我们每人举着一面小小的用纸做成的五星红旗,踩着领队老师的哨声,整齐地前进。一会儿喊口号,一会儿唱歌曲,不禁觉得:我们的队伍好大,好雄壮啊!

  大约10点钟,游行的队伍走进了瓦店子下场的青石板街。路面宽了一些,队伍调整成四人一排,游行正式开始了。

  领队的国旗、队旗在前面飘扬,我们挥舞着手中的五星红旗高喊"热烈庆祝新中国成立十周年!""中华人民共和国万岁!""毛主席万岁!""中国共产党万岁!"等口号,向中场前进。

街道两边很快站满了围观的群众，他们有的拍手欢迎，有的竖起大拇指称赞，还有的跟着喊口号。到了中场，老师指挥我们唱起了《歌唱祖国》："五星红旗迎风飘扬，胜利歌声多么响亮……"稚嫩深情的歌声回荡在空中。我们唱完一首歌就喊口号，喊完口号又唱下一首歌。大家小脸通红，情绪高昂，感觉自己参与了一次无上光荣的活动，无比骄傲自豪！

不知不觉我们便游行到了上场口，老师带领我们从上场口的石板路绕行到紧邻场外的"王家堰水库"，再到"六·一红领巾水库"旁的石坝，然后转到人和公社所在地的大门，最后从新建的支街回到位于中场的人和区公所大门前。这时我才发现游行队伍后面已跟上了一大群未进校门的孩子，他们瞪着好奇的双眼，高兴得又蹦又跳，一直尾随着我们，那时的他们哪里见过这样的场面啊！

队伍停在了人和区公所的大门口，大家列队站好。悬挂在区公所大门上方的红布横幅标语写着："热烈庆祝中华人民共和国成立十周年！"大门口的石梯顶端，站着人和区公所和人和公社的领导同志，他们一齐向我们鼓掌，我们也跟着鼓掌，围观的大人小孩都一齐鼓掌，热烈的掌声响彻在瓦店子窄小的街巷中。

接着区长和社长分别讲了话，年幼而兴奋万分的我没有记住他们的具体话语，只记得大家仍旧在老师带领下一会儿喊口号，一会儿鼓掌，围观的老少行人和场镇居民也一道喊口号、鼓掌，比赶场天还热闹！

最后我们又齐声唱起了《歌唱祖国》："五星红旗迎风飘扬，胜利歌声多么响亮，歌唱我们亲爱的祖国，从今走向繁荣富强……"激越的歌声响彻在场镇的上空。歌曲唱完后校长宣布游行结束，大家才恋恋不舍地分手回家。那一夜，白天游行的情景像电影一样在我脑海里浮现，久久不能入睡……

在那个年代，一个名不见经传的小小人和瓦店子场镇，一场由小学校师生满怀激情举行的庆祝中华人民共和国成立十周年的游行——没有彩车，没有乐队，没有音响，没有鲜花，没有气球，更没有摄影师、摄像师……但却给人们心灵播撒了爱国的种子，激发了人们的爱国情怀，意义重大，影响深远。

遗憾的是那次难忘的国庆游行没有留下一幅照片，但热爱国家的情怀却深深扎根在我心中，直至今天，直到永远……

"特殊"的孩子

那一年的八月,也是这样的炎热。偶然的机会,我来到了人小。

我已经知道这学期要带一年级,而且班上有一名叫彤彤的"特殊"的孩子。我不禁有些头痛,一年级的新生已经是一个问题,还要面对前所未有的"难题"。

—— 周廷菊

第一天上课,我就特别注意到她,一个看起来可爱的女孩,大多数时候都是一副笑脸,衣服上时常有一些"污迹"。她好像很喜欢找其他的孩子交流,只是她说的话其他孩子一句都没有听懂,而且不管怎么给她说,她也不理会,依旧我行我素地说着她的"话",偶尔还大叫几声。

第二天,就有其他孩子来告状了:"老师,彤彤拉我的头发""老师,彤彤撕了我的本子""老师,彤彤向我扔垃圾……"我只能安抚着孩子们的情绪,告诉他们彤彤比大家都小,还不懂事,我们要帮助她。孩子们都是善良的,很快就平静了。我暗自松了一口气,结果上课的时候,我发现她的座位空着。我惊得一身冷汗,赶紧询问:"大家有没有看到彤彤?"大多数孩子都摇摇头,只有一个小男生说看到彤彤在篮球场,我连忙去找她。最后在篮球场的角落找到了,彤彤一人蹲在那里,用手在地上画着圈圈。当我叫她,她完全不理我,我只好无奈地走过去牵她的手。突然她就抬起头来冲我笑,我的心颤抖了一下。带彤彤回教室的路上,她没有发出一点声音,回到座位上后,她也只是安静地坐在那里,没有像往常那样乱跑乱叫。大家似乎还不习惯她这样的表现。

下课后,我正准备离开教室,彤彤一下子冲上来,一把抱住了我,还把鼻涕擦在了我的身上。"老师,不走,不走。"她直愣愣地看着我。

我一下子怔住了,这次我居然听懂了她的话。我还没反应过来,她放开了我,看向我的手,大声对我吼道:"拉,拉。"我明白了,当我牵着她的手时,她安静下来,那双干净明亮的眼睛盯着我。我不知道该对她说什么,只是任她紧紧牵着我的手。她咧开嘴冲我笑了。

后来的一件事,彻底改变了我之前的想法。

那天,孩子们玩开心了,课堂上一直安静不下来。我第一次生气了,说话的声音比平常大了很多,直到下课。彤彤又向我跑来,我以为她又是让我牵她的手。没想到她递给我一块笑脸的橡皮擦:"笑,笑。"我的心又一次被震撼了,别的孩子知道老师生气了,但没有放在心上,下课就去玩了。可是彤彤这个"特殊"的孩子,却有一颗"七窍玲珑心",因为我牵了她的手,她就在用自己的方法给我回报。谁说这样的孩子只能是"麻烦"? 作为老师,应该循循善诱,给她更多的耐心,她也是一个可爱的天使。

再后来,彤彤会给我看她写的字,会给我看她画的画。只要上课的时候给她布置了"小任务",她再也没有大叫过,甚至比其他孩子更专注,连体育老师也经常表扬她模仿学习的能力强。

这样一个孩子,或许上天少给予了她一些东西,但是她的心灵更干净,它有着比我们成人更真挚、更敏感的情感。

因种种原因,我离开了人小。可这个"特殊"的孩子却留在了我的记忆里,她教给我的远比我教她的要多。无论何时,我都谨记"和悦善诱,人人求精"。

百年人小恰是风华正茂

念奴娇·小叶榕

春光散去,还复来,人小榕树翩翩。　　恰逢总角年华,琅琅读书声,莘莘学子。

纵横盘错,有道是,汲取养滋正酣。　　陌生聚集,共进步,长大后献国家。

参天茂羽,避暑青亭,德厚众泽人欢。　　六年一圈,原地柱粉笔,耘出诗意。

百年守望,玉冠擎天巍然。　　榕树依旧,生机盎然次第。

——李尧

七月的重庆,骄阳似火。在山城纵横交错的街道两旁,是一排排整齐的小叶榕。巍巍照母山脚下,有一座百年老校——重庆两江新区人和小学校。

2018年4月,第一次路过人和小学,车水马龙的黄山大道旁,几幢建筑分外抢眼。红色作为主色调,相比周边的住宅楼等独具一格。学校门口种了两排小叶榕,它的干和枝自然带着一种古老苍井的韵味,俨然是饱经风霜的老人,非常尽职尽责地看护着这所建校百年的小学。

作为人小百年华诞的亲历者、见证者,虽然刚刚认识她两年多,但非常愿意分享我与她的故事。

春风化雨育桃李

一年又一年,一排又一排的小叶榕开枝散叶、年轮增加,一届又一届的小朋友走进来、走出去。2020年9月,我和我家的小朋友一起叩响了人和小学的大门。

依稀记得,受新冠疫情影响,招生政策未定,我怀着忐忑的心情,拨通了校门口疫情防控展板上杨敏校长的电话,得到了杨校长非常专业的解答和耐心的指导,疑虑瞬间消失,让我倍感温暖和亲切。

依稀记得,在第一次入校家长会上,左明书记详细介绍了这所百年小学的历史及办学理念,学校传承"天地人和"文化主题,确立"培养有世界眼光、家国情怀的和雅少年"育人目标,坚持"人人进步,和谐发展"办学理念,让我对这所学校充满信心和期待。

依稀记得,儿子在上完第一个月学以后,有一天突然给我说:"李梅校长告诉我们,我们学校是两江新区最牛的学校,我们也是最牛的学生!"

都说火车跑得快,全靠车头带。正是有这样一批批优秀的学校管理者,励精图治,辛勤耕耘,薪火相传,百年人小,值得期待,也更值得信赖。

潜心教育授学业

学校的每一位老师都充满了爱,对学校、对学生都满怀深情。正是这种爱的传递,让孩子谈起每一位老师时,脸上都写满了幸福。儿子在人小的两年,是人生最重要的初级学习阶段,也是养成习惯、形成品格的关键时期,成长的每一步都离不开老师们的谆谆教诲。

在儿子眼中,班主任胡雪琴老师不苟言笑,要求很严厉,平时改作业非常认真,不放过任何一个错误,她用心对待每位孩子,了解孩子的喜好和学习习惯,经常与孩子谈心。期末评语中,她总是以非常细腻的笔触观察每一位孩子,既有对孩子的充分肯定,也有善意的提醒。语文老师邹晓婷,虽然年轻却很细心,把学生当成自己的孩子一样,建立了阅读打卡制,鼓励孩子分享共读好书,培养孩子们的阅读习惯。人小还有很多这样的好老师,他们潜心教育,用爱心、耐心、细心传道授业解惑,陪伴孩子健康成长。

润物无声树品德

良好的教风和学风是一个学校的立校之本。走进校园,浓郁的校园文化气息扑面而来,"人人进步、和谐发展""和润德育",满眼尽是她的优雅与和谐。

学校每年会组织形式多样的文体活动,有科技节、艺术节、运动会、研学等活动。小朋友们在科技节上体会分享的科技乐趣;在艺术节上感受艺术的熏陶;在运动会上敢于突破自我;在研学中走出校门,走进自然……多姿多彩的活动不仅让他们在紧张的学习中得到放松,而且让他们学会向实践学习、向自然学习。一次次的活动也在孩子的心中埋下团结、友爱、拼搏的种子,让他们在耳濡目染、潜移默化中养成良好的品德,形成健全的人格。

百年人小恰是风华正茂

身处校园之中,有整洁干净的地板、操场,更让人久久难以忘怀的是性格迥异的孩子脸上,都流露着的一份自然、自信和清澈的笑容,这些孩子像一颗颗正在成长的小叶榕,慢慢地开枝、散叶……

百年人小恰是风华正茂。祝愿人和小学在培育复兴先锋、强国栋梁的基础教育中发挥更大的作用,培养更多"六雅"少年早日成为担当中华民族复兴大任的时代新人!

我与人小之缘

我出生在20世纪70年代，那时候条件差，读书少，导致我在人生的道路上吃了不少没有文化的亏。后来结婚生子，暗自下决心，要让自己的孩子好好读书，长大做一个对社会有用的人。

——喻应华

我和人小的缘分来自我的两个孩子。当时大女儿到了上小学的年龄，通过了解，2007年的人和小学，已建成80余年，学校绿树成荫，鸟语花香，错落有致，环境优雅，历史文化底蕴深厚，人文气息浓厚，学校硬件环境一流，各类教育教学设备齐全，教师队伍实力雄厚，爱岗敬业。所以我毫不犹豫地选择了这所历史久远、环境优美、师资雄厚的学校。

大女儿的班主任是语文老师刘勇义老师，数学老师是陈贻昌老师，随着我们的关系从陌生到熟悉，我了解到两位老师的孩子跟我家女儿的年龄相仿。通过共同沟通孩子的教育问题，我们最后成了很好的朋友。他们两位老师一直带到我家女儿小学毕业，是他们的谆谆教诲、无私的爱和付出，让我的女儿度过了最美好的小学时光。

人小不断发展壮大，走向成熟，让我更加相信人小。于是我依然选择把儿子送到这所学校。孩子入学至今，班主任老师是一位非常漂亮多才的语文老师——刘富钰老师，数学老师是和蔼可亲的德育处主任白伦菊老师。眼看孩子马上进入三年级了，学习和生活发生了翻天覆地的变化，这一切的一切都源于老师的辛苦付出和尽职尽责。

现在的孩子在刚入小学时什么都不懂，比如对学校环境的认识、加减衣服、中午在校用餐、和同学友好相处等，这些看似很普通的事情，老师们都要对班里每一个孩子细致入微地关心。有时细细想来，孩子在家，家长都会手忙脚乱。而老师，面对班里几十个孩子、几十个家庭，定付出了更多心血。正是这些看似平常的细节，影响着家长和孩子的心灵。

直至今天，我还记得刚入学时，野惯了的"熊孩子"静不下来，老师在讲台上讲，他也会不守规矩，不由自主去讲台讲，破坏上课的氛围。经过老师无数次的耐心引导，我们在家也锻炼孩子静坐，通过一些小方法让他静心；记得亲眼目睹通往学校的马路上，有老师大手牵着孩子小手的身影；记得不管天晴下雨，严寒酷暑，都能看见老师在校门口迎接孩子入校，挥手目送孩子放学的温馨场面；记得下雨天，老师一遍遍认真检查孩子是否被雨淋，鞋子是否被打湿；

记得孩子在校,他自己觉得没有同学和他玩,觉得同学不喜欢他,有些自卑,老师单独找他沟通,找其他孩子询问情况,让其他同学主动找他玩,让全班同学集体对我的孩子说:"汪椿杰,我们喜欢你……"终于让孩子树立信心,消除误解;记得孩子在校午餐食量少,老师都屡次给孩子强调午餐的重要性,督促孩子吃饱;记得孩子的书写歪歪扭扭,老师一遍又一遍、一笔一划地纠正;记得老师常常不定时询问孩子有没有不懂的知识,然后不厌其烦给孩子们讲解;记得疫情期间,老师对每个孩子、每个家庭的认真负责,时刻的提醒,时刻的关心;记得为了鼓励孩子好好学习,好好锻炼,老师绞尽脑汁,费尽心思,组织一些有趣的个人或团队比赛,比如学习打卡、运动打卡、劳动打卡等有趣的活动,让孩子挣积分,为自己、为团队争取荣誉……

老师坚持每周给我们打电话、发信息,讲孩子的在校情况,我们也及时反馈孩子在家的自主学习和生活情况。即使到现在,不论周末还是放假,老师都会经常问起孩子在家的情况。这本是老师的休息时间呀,她们却时时刻刻牵挂着孩子,让孩子和家长感觉到老师从未离开过我们,也深深体会到老师从未给自己放过假,从未好好休息过……正是因为这些种种,孩子对我说:"妈妈,我觉得你和我的老师们之间关系很神秘哦,怎么越来越像朋友?"蓦然回首,是啊!真的就是朋友了!

孩子每一次的进步,每一次的改变,都是她们用彩笔、用汗水、用心血造就的,无数个的日日夜夜真正不计回报付出,是她们在讲台上,书桌边,寒来暑往,呕心沥血,耐心细致地教导。她们就像不倒翁一样坚守在岗位上,为孩子操劳着、辛苦着。

书本上把老师比喻成照亮前方的灯、送往成功彼岸的大船、辛勤的园丁、燃烧的蜡烛、默默无闻的春蚕……这样的比喻一点不为过。我们给了孩子生命,老师给了孩子知识、做人的道理,帮助他们树立远大的志向,他们不是孩子的父母,却胜似孩子的父母,比我们当父母的做得更多、做得更好。感谢学校培养出这样优秀的老师,感谢老师对孩子的辛勤培育,感谢老师对孩子孜孜不倦的教育,感谢老师对孩子的呵护和关心。

得遇良师,三生有幸!我的孩子在人小是开心的、幸福的。

人小,一百年了!一百年风雨兼程,积淀深厚底蕴,她承载着优良传统,开拓焕新的明天,她将以超强的生命力和创造力继续书写下一个百年的新篇章。而我与人小这份特殊的缘分也将一直持续着,是浓浓的、甜甜的、数不清的情怀。

善于发现孩子优点的老师
是造就学生不断进步的伯乐

    "少年体魄铸就中华体魄""以强健之体铸强健之国",这是国家对当代青少年的期许。但在我家孩子即将开启她未知又期待的小学篇章之际,我们除了紧张她的学业成绩是否达标以外,体育运动更是我们父母心中最大的烦忧。

—— 周小丹

    我家孩子从小运动细胞就不是很发达,一年级开学前的跳绳练习,锻炼了好久都没有明显进步,进入小学后体育成绩是否能达到一般孩子的平均水平,是我们家长在孩子还没有开启小学生涯前就落下的一块"心病"。

    正式进入一年级,孩子每天回家后我们问得最多的就是"今天跳绳怎么样呀?有进步吗?""跑步怎么样?还是跑到最后一个吗?"这些担心又无奈的问题是我跟孩子每天的对话内容。那时候,最怕孩子跟我说:"妈妈,今天我又是全班跑得最慢的一个。"我们既担心孩子体能落后导致的身体发育不佳,又担心孩子每次的垫底会影响她成长道路上建立的信心。

    直到有一天,孩子回家高兴地说,体育课上龚老师让她整队,让她带领其他小朋友做动作示范,她好自豪呀。孩子说,她一定要在家好好练习跳绳,争取跳绳和跑步能有更大的进步,这样才能在小朋友前面带队,才能做小朋友的榜样。

    我在惊讶榜样力量带来改变的同时,心里其实也充满疑惑:我的孩子在体育方面从来没有突出的能力,老师怎么会选择我的孩子去整队呢?后来通过和班主任的沟通了解到,班主任一开始也跟我有着同样的疑惑:这个小孩看起来这么瘦小,动作也不算麻利,甚至连协调性都不太好,为什么要选择她去整队呢?龚老师告诉班主任说:"这个孩子别看她个子小小的,体能也不大好,但是她却有着一股不服输的劲儿,锻炼从来不说累,不喊疼,声音也洪亮。这样的孩子虽然现在基础不太好,但她这种不服输、不放弃的精神,经过长期的体能锻炼以后,一定会变得越来越好的"。

    听完班主任的话,我对这位素未谋面的龚老师充满了感激。感谢老师有一双善于发现孩子潜在能力的眼睛和一颗不放弃每一位孩子的真心。愿意在课堂上帮助和鼓励这些稍微落后的孩子,用荣誉和激励的方式帮助孩子们一点点进步,遇到这样的老师,是每一位学生的幸运。现在孩子已经是二年级的小学生,各项体育成绩均名列前茅,这也成了孩子心里最骄傲的事。

感谢龚老师,每日用辛勤的汗水浇灌着这些刚刚破土的春日嫩苗,孩子们一定能在您的教导下茁壮成长,用强健的体魄,铸就强健之国!

"和雅少年"初长成

有人说,人类幼崽,是一款高级的"智能玩具"。相较于其他物种,人类幼崽的大脑神经系统发育较慢,通常7到10岁信息回路才会逐渐成熟。这时,你们正式步入小学阶段,开启系统性的学习之旅,教师们作为人类灵魂的工程师,将为"智能玩具"们输入德、智、体、美、劳全面发展的代码。

—— 杨晓容

入学第一课是提高动手能力,适应集体生活。在这里,喝的水需要自己去接,吃的饭需要自己去盛。因此,你们需要熟悉校园环境,提高自觉性,深切体会自己的事只能自己做。在这里,各类学习用品需要自己收拾,削铅笔、整理作业、爱惜书本等。否则,这些学习用品犹如拥有灵魂一样发出抗议,悄悄地走丢了或是坏给你看!在这里,汇聚了附近所有同龄的人类幼崽,你们相互学习,一起成长。很快,你的跳绳能力明显提升了,会的游戏也突然多了起来,尤其是各类集体游戏,两人的、三人的、多人的,你们的精力无限多,仿佛从来不会浪费下课时间。

所有人都在很好地适应着小学生活,哪怕你不一定知道一起玩耍的同学叫什么,所以,有意识地去记忆同学的姓名,也是集体生活的重要环节,是对小伙伴的一种尊重,他们都是你的"智能玩伴"。

学校,是以学习为主的场所,很荣幸,我们在人和小学即将百年之际入学,一起见证百年老校的传承。高年级的大哥哥大姐姐教学眼保健操、引导课间操、考核少先队员入队知识,让教学关系不仅仅局限在老师与学生之间,还有大带小。小朋友们在一年级就期待着自己在几年后能成为大哥哥大姐姐一样优秀的人,对后来的小朋友们提供帮助。仅仅一年,我们在这里已经留下了很多值得记录的小故事。学了新游戏,是他每天回家迫不及待展示的"才艺",又记下了几个小朋友的名字是今日的"成就",学校连廊里的谜语,成了能考考我的"难题"……

这一年,"双减"政策全面落地,一年级的你们感受到了政策中变化最大的一面:没有家庭作业。我们约定,上课一定要认真,考试一定要细心,不强调分数,但不能缺失知识点。于是,积极回答问题是你对上课认真的理解,考好是对考试细心的表现。当然,还有在学校积极完成老师布置的作业,回家后就能看你喜欢的书或是玩玩具。

　　最近，你喜欢看《米小圈》的漫画成语故事，作为"小吃货"的你，对"破釜沉舟"的行为表示费解，尤其是"破釜"，"那他们不吃饭了吗？"你的脸上充满了问号。我说："宝贝，这是他们在表明态度，表示决心。"你表示不能理解。最后，你要求在成语词典的这一页用便签做好标记，并打上问号。而我在等着你能想起来这个词，再次去探索它、解析它。

　　我们不是天才，这些知识对你来说是第一次学习，不可能一下子都会。但是没关系，我们是你坚强的后盾，帮你查漏补缺。对待你的考核或是考试结果，我们会带你一起分析。加油，少年，你们生长在资源丰富的时代，可以输入任何你们感兴趣的"代码"，理当自信！

　　现在社会的包容性极强，对每个人而言，只要有好奇心，就有机会去了解，小学校园亦是如此。多种球类出现在了你们的体育课堂上——篮球、足球、网球，国际象棋也排在了人和小学课表里。任何一款智能玩具，都需要大量的输入，才可能有输出。而你们，人类幼崽，最高级的"智能玩具"，入学后信息输入的面扩大了，输入的量增多了，现在能表达的也更多了，无论是老师，还是父母，都在你们的成长中获得希望。

　　人和小学的"德育为先""和润课程"模式，让懵懂的孩童们平和地接受着学习、习惯着自律，在传统的文化课学习中，丰富着课外生活。祝愿"和雅少年"们在百年老校的怀抱中静待花开，也祝愿百年老校桃李满天下。